# よりみち3人修学旅行

市川朔久子

講談社

# よりみち３人修学旅行

# もくじ

装画 後藤範行
装幀 坂川栄治＋鳴田小夜子（坂川事務所）

# 第1章　集合

同じクラスの高峰柊から「相談がある」と言って呼びだされたのは、春休みに入ってすぐのころだった。

いや、正確に言うと柊とは同じクラスだった。卒業式は、この二日前に終わったばかりだ。中学の入学式までいつもより長めの春休みをのんびり過ごしているところに、携帯に連絡があったのだった。ポン、と軽やかな音が鳴る。

〈ちょっと相談したいんだけど〉

〈なに？〉

親が仕事に行ったあとのリビングで、ソファに寝転がったまま返信する。腹の上には食べかけのポテトチップスの袋が載っていた。春休みだからって、とくにすることがあるわけじゃない。すぐに通知音がつづけて鳴った。


〈春休みのこと〉

〈風知も来る〉

〈一時に公園。いい？〉


なんだろう、めずらしい。

おれは少し考え〈りょ〉と短い返事を送ってから、袋に残ったポテトチップスのかけらをザーッと口に流しこんだ。前に母さんに〈り〉と返信したら「誠意がない」と怒られた。だからこの小さい〈よ〉がおれの誠意だ。

リュックを取りに自分の部屋に行き、ふと机の下の紙袋に目が留まる。

式の日に持ち帰ってそこに押しこんだきり、わざと見ないようにしていたやつだ。なかには卒業証書と卒業アルバムが、プリントやら雑巾やらといっしょくたに放りこまれている。おれはずるずるとアルバムを引っぱりだし、すばやくめくってみた。目当てのページで手を止める。六年二組のクラス写真。

——いた。これだ。

小林風知。レアキャラ並みに見かけないクラスメート。男にしてはやわらかい顔立ちの、ちっこくて細っこいやつ。めったに教室には現れず、さすがにこの前の卒業式には来てたけど、その顔は今もうろ覚えだ。ただ初対面のときのでっかい目の印象だけは残っている。こいつも来るって言ってたけど、いったいなんだろう。

ちなみに、その三つ上に写ってるのがおれ。大崎天馬。

なんか怒ってるみたいなにらんでるみたいな、不機嫌そうな顔をしている。そりゃそうだ。ひとりだけあとから付け足しみたいに撮られたんだから。この写真じゃわからないけど、小林とちがっておれは学年でもでかいほうで通っている。

さらにその二行先で、高原のそよ風のようなさわやかな笑顔を見せているのが、さっき連絡してきた高峰柊。顔も頭も性格もよく、そのくせみんなに疎まれるでもなく、男子にも女子にも先生たちにもジンボーが厚い。はっきり言ってできすぎだ。そしておれがこっちの学校で唯一まともにつきあう相手でもある。

おれは急いでアルバムを閉じ、また机の下のできるだけ見えないところまでぎゅっと押しこんだ。それからリュックをつかみとるとばたばたと家を出た。

マンションの玄関をくぐると、外には春の陽射しが降りそそいでいた。

ほかの小学生の姿は見えない。こんな日に出歩けるのは卒業生だけの特権だ。おれは快適に自転車を飛ばしながら高台の公園に向かった。この街はもともと住宅地として新しく拓かれた土地なので、道も広くてわかりやすい。越してきてまもないおれでもだいたいの位置関係はわかる。

おれは、去年の夏休みにここに引っ越してきた。理由は父さんの転勤。小学校の卒業まで残りたった半年という、とんでもなく理不尽な転校だった。

会社なんか滅びろ。

あのときは本気でそう呪った。もちろん現実になるはずもなく、世界は今もそのままだ。広々とまっすぐな道をタイヤをきしらせて進みながら、「バルス！」とつぶやいてみる。なにも起こらない。あたりまえか。

「天馬、こっち」

公園に着くと柊が手を振ってきた。自転車を押しながら近づいていくと、さらさらの前髪の向こうでこっちが気恥ずかしくなるくらいの笑顔を見せた。

「ごめん、急に」

「だからその顔やめろって。ガムのＣＭみたいだ」

　こいつの笑顔を見てると、どっからともなくミントとキシリトールの風が吹いてくる気がする。おれのしかめ面に、柊は「ごめん」と言ってまたほほえんだ。

「で、なんだって？」

　それぞれ、公園の入り口にある車止めの柵に腰かける。

「あのさ、天馬は修学旅行行ってないんだよね？」

「へ？」いきなり聞かれてびっくりした。てっきり小林風知の話かと思った。

「う、うん、まあ……おまえもだろ？」

「うん」

　そう。おれたちはどっちも、修学旅行に行ってない。というか、行けなかった。

　柊はインフルエンザで。おれは転校で。前の学校では六年の秋に行く予定だったのが、来てみたらこっちの学校では一学期のうちに終わってしまっていた。学校なんか滅びろ、と心の底から思った。

「それがどうしたんだよ」

「あのとき、おもしろかったよね。ほら、最初の日、廊下でさ」

思いだしたようにくすくすと笑う。

「またその話かよ」

うんざりした。おれにしてみればおもしろいどころじゃない。けれど柊は気に入ってるみたいで、なんどもそのときのことを話題にする。

柊の言う「あのとき」というのは、今から半年前、おれと柊と、それから小林風知が初めて顔を合わせたときのことだ。


それは去年の九月一日、二学期の最初の日だった。

おれたちはぞろぞろと教室へ向かって移動していた。ちょうど始業式が終わったところで、おれはぶすっとした顔で列のあとをついていった。

見なれない緑色の廊下が靴の下でキュッキュッと音をたてる。初めて来る学校の校舎は、先週住みはじめたばかりの社宅のマンションと同じくらいよそよそしかった。

教室前まで来ると、みんなばらばらと列を離れ廊下の壁に群がりはじめた。一面にずらりと写真が貼りだされている。修学旅行のスナップ写真だった。自分の写ってるのを探して、番号を書いて申し込むあれだ。肩ごしにちらっとのぞき見ると、バスのなかとか、旅館の部屋とか、どの写真からも楽しげなようすが伝わってくる。ひそかにムカついた。転校早々アウェー感が半端じゃない。

そのとき、その声が耳に入った。

「あっれえ、おまえ、なんで見てんの、コバヤシー」キンキンと耳ざわりな声だった。

「見たってしょうがないじゃん、どうせ写ってないんだしさー」

見ると、二、三人の男子がひとりのやつを取り囲んでにやにや笑っている。

「それはそうだけど――でもほら、みんなどんなとこに行ったのかなあとかさ、あと、景色とかも見られるじゃない？」

コバヤシってやつが答えている。声だけで姿は見えない。きっとそうとうチビなんだろう。囲んだやつらはそれを聞いてまたげらげらと笑った。嫌な笑いかただった。ちらっと周りを見ると、少し離れたところで先生がにこにこしながら生徒たちのようすをながめている。だめだこりゃ。

まあいいか。べつにおれの知ったことじゃない。ここの学校のことは、ここのやつらでやってくれ。だまって横を通りすぎたとき、また例のキンキン声が響いた。

「行ってないのに見るとかさあ、まじウケる。だって、自分写ってないじゃんなあ？」

そのキンキン声の持ち主はこっちに背中を向けて立っていた。コバヤシってやつほどじゃないけど、おれから見ればこいつだってじゅうぶんチビだ。ぶかぶかのシャツの背中には地元のものらしいサッカーチームのロゴがあって、おれは速攻でそこのアンチになる決意をする。

「なあ、意味ねーじゃんコバヤシー。写ってないとかさー」

へらへらしながらどさくさにドンと肩のあたりを突く。やばい。本格的にムカッときた。

ふだんのおれならほっといたかもしれない。でもそのときはとにかく、いろんなことぜんぶにどうしようもなくムカついていた。通りすぎたのを二、三歩もどってそいつの真後ろに立つ。

「――おれも写ってないけど？」

頭の上から言ってやると、そいつはびくりとしてふり返った。おれを見あげてぎょっとする。ほかのやつらもその場にかちんと固まった。

あ、やばい。思ったよりびびらせてしまったみたいだ。

でも今さらあとには引けなかった。文句あんのかよという顔で見下ろしてやると、やつらはますます小さくなった。

と、周りがやけに静かだと思ったら、いつのまにかみんな息をひそめてこっちを見ていた。

うわ、まずい。もしかしておれ、今、すげえ目立ってる?

一瞬、迷った。今なら、ジョーダンって言ってへらへら笑えば、なにもなかったことになる。残り半年、おれはこの学校で風景になれる。どうする?

けれどすぐにどうでもよくなった。べつにおれは来たくて来たわけじゃない。

「――う、」写ってなくて悪かったなあ。そう言おうとしたときだった。

「ぼくも写ってないよ?」

後ろで場ちがいにさわやかな声がした。

ふり返ると、なんかみょうに涼しげなやつがにこにこと笑って立っていた。

真っ白なシャツに薄いブルーのパーカを羽織って、名札には「高峰柊」と書いてある。

そいつはまっすぐおれを見て、もう一度にこっと嬉しそうに笑ってみせた。

誓って言うけど、おれはそのときたしかにミントの風を感じたと思う。ずっとあとになって柊にそのことを言ってみたけど、あいつは「まさかあ」と笑って取り合わなかった。

「はあ？」

おれたちは一瞬あっけにとられた。いや、あっけにとられたのはおれひとりで、ほかのやつらはすぐにもじもじと居心地悪そうな顔になった。

「あっ、いや、あの」

「いいなあ、修学旅行。楽しかった、やっぱり？」

「う、うん、まあ……」

高峰ってやつはにこにこしながら壁に貼られたスナップ写真をのぞきこんだ。

「あっ、これ歴史資料館？　いいなあ、火熾こし体験とかしたんだ。へえ、ヒロキたち成功したの、すごいね」

「ま、まあな」

「写真って楽しいよね。見てると、自分も行った気になれるし」

ふり向いた顔から白い歯がこぼれる。ガムか歯みがきのポスターみたいな笑顔だった。

「そ、そっか」「そうだよな」「うん」

おれはひそかに胸をなでおろした。よかった、危なく転校早々やらかすところだった。

ほっとしながら目を上げた瞬間、ぎょっとする。

周りにいた女子たちが、いっせいにこっちを見ていた。

「――うわ」

なんだこれ。けれどよく見ると、女子たちがひそひそと指さしているのはおれじゃなくて、キンキン声たちのほうだった。もじもじするあいつらの横で、高峰が涼しい顔で壁のスナップをながめている。

なるほどな。思わずうなった。つまり、こいつを困らせると、学年じゅうの女子を敵に回すってことか。

そのとき、目の前にぴょこんとなにかが顔を出した。

「ねえ、修学旅行かなかったって、ほんと?」

「うわっ」

ふたつのでっかい目がこっちを見ていた。「な、なんだおまえ」小さくて細っこくて、一瞬、女子かと――あっ、まさか。

「おまえか、コバヤシ？」

「どうして？　やっぱりインフルエンザ？」

聞けよ人の話を。心のなかでつっこんでいると、代わりに高峰が答えてくれた。

「そう、小林風知。こっちの彼は転校生なんだよ。今日から同じクラス」

「へえ、そうなんだ！」

それにしてもほんと小さい。高峰も背の低いほうじゃないし、いっしょにいるとよけい小さく見える。これでほんとに六年生かよ。

「風知、あっちに富士山の写真があったよ。見る？」

「うん、見る見る」

そのままふたりで廊下のおくへ歩いていく。いつのまにかさっきのキンキン声たちはいなくなり、女子たちもなにごともなかったみたいにそれぞれのおしゃべりにもどっている。そのときふと高峰がふり返り、おれに向かって小さくうなずいてみせた。にこっと、またあの笑みを浮かべる。

な、なんだよ。歩いていく背中を見送りながら、おれはしばらくのあいだばかみたいにぼうっとその場に立ちつくしていた。

「――だまされるよなあ、みんなあの笑顔に」

柵に腰かけたまま横目で見ると、柊はまたにこっとほほえむ。

「べつにだましてなんか」

「だからその顔やめろって」

あれ以来、なんとなくこの高峰とは言葉を交わすようになった。おれとしては今さらここになじもうなんて気はなかったけど、クラス委員なのでいろいろ面倒見てくるし、いつのまにかそうなってしまったのだった。まあ、ほかのやつらは怖がって、声をかけてくるのはこいつくらいしかいなかったっていうのもある。

「あのときの天馬、ほんとに迫力あったもん。驚いたよ、声なんかすっごい低くてさ」

「べつに好きでこうなったんじゃねえし」

六年になったころからかすれぎみだった声が、夏休みの前にはすっかり変わってしまっていた。新しい声を聞いた母さんが、「やだ、おじいちゃんそっくり」と騒いでうっとうしかった。自分でも慣れてなかったので、あのときは思いのほか低い声になってしまっただけだ。おれはじろりと柊を見た。

「で？」

「ん？」

「だから、それと小林となんの関係があるんだよ」

柊ははぐらかすようにほほえんでみせた。

「あのさ、天馬は春休み、なんか予定ある？　家族旅行とか、卒業旅行とか」

「はあ？　なんだよそれ、ないよそんなの」

そのとき、おれたちを呼ぶ声がした。

「柊ー、天馬ー、遅れてごめーん」

パタパタと走ってきたのは、もちろん、小林風知だった。あいかわらずチビっこくて、ほんとにこれで中学生になれるのかと他人事ながら心配になる。はあはあと息を切らせてやってきたのを、じろりとにらみつけた。

「おい。柊はともかく、だれが『天馬』だ」

こいつらは小さいころから知り合いらしいけど、おれはちがう。親指でぎゅうっと頭のてっぺんを押してやると、小林は「痛い痛い痛い」と首をすくめた。すぐにまたぱっと顔を上げる。

「あのさ、今そこの池に、すっごいいっぱいオタマジャクシがいてさ」

「聞けって人の話を」と言いながら、ちょっとオタマジャクシには興味を引かれる。

「……それ、どこの池だって？」

「えっとね、あっちの駐車場の横の――」

「風知、話すことがあったんじゃないの？」

「あ、そっか」小林はあわてて気をつけをするみたいにおれたちに向きなおる。

「あのさ、ふたりにお願いなんだけど」そこでちょっと口調を改める。「――ぼくといっしょに、旅行に行ってくれませんか」

「はあ？　なんだよそれ」

どういうことだよ、と隣の柊をにらむと、やつはまあまあとなだめるようなしぐさをして、それからくわしい事情を説明してくれた。

小林風知には、離れて暮らすお父さんがいるのだという。親が六年前に離婚したからだ。

それ以来、お父さんとは年に一回の約束で会っていたのが、今回はどうしても都合がつかなくて、それで風知に会いに来てほしいと言ってきたらしい。

「だからって、なんでおれらがいっしょに行くんだよ」

「遠いんだ、すごく。お父さん引っ越しちゃったから。こんど転勤で新しい営業所に行くことになったって、だから――」

思わずため息が出る。やれやれ、こっちも転勤か。

「だから代わりにおまえに来てほしいって？」

「そう」うなずくとのびた前髪が目にかぶさる。あのな、それちゃんと切っとかないと中学行ったら怒られるぞ。

「これまでは日帰りできる距離だったんだけど、今いるとこは遠くて。ほら、転勤したばかりって忙しいでしょ？　とうぶん休みが取れそうにないし、もう中学生だから、だったら自分で来てみろって。でもぼく、ひとりで特急とか乗ったことないし、泊まりがけでそんな遠くに行ったこともないし……」声がだんだんしぼんでいく。

そもそも学校にも来てないしな、という言葉をどうにかのみこむ。

柊がぽんとおれの肩に手を置いた。

「ね、やっぱり風知をひとりで行かせるのは心配だろ？」

「知るかよそんなの」手をはらいのけかけ、ふと気づいた。

「……ちょっと待て。さっきからなんか修学旅行とか卒業旅行とか、うまいことフラグ立てといて、そうやっておれを巻きこむ気だな？」

「べつにそういうわけじゃ」

「そうじゃないかよ。なんでおれらまで行くんだよ。要するに、それってこいつのお供だろ？」

「やだなあお供だなんて。桃太郎じゃないんだから」

「ぼく、犬の役がいいなあ」

「おまえはだまってろ」つかまえて頭をぐりぐりしてやる。

「痛い痛い痛い痛い」

やなこった。なんでこんなろくに知りもしないやつらと。

「急にごめん、天馬。でも、きみにならわかってもらえるかもって、つい思っちゃって」

「なにがだよ」

「親の転勤に振りまわされる、子どもの気持ち」

しんみりと目をふせる。ぐっとつまった。

「な、なんでそんな、おまえ……汚えぞ」

「ごめん。でもほかに、頼める相手を思いつかなくてさ。だれにでも頼めることじゃないし。風知にとっては年にたった一度、お父さんに会う貴重な機会だろう。なんとかしてやりたくて、つい」

「おまえがいっしょに行くんだから、それでいいじゃんかよ」

「そうだけどさ――天馬がいっしょだったらもっといいかなって思ったんだよ。ほら、ぼくたちちょうどみんな、行ってないだろう?」

なにに、とは聞くまでもなかった。

「いっしょに行くのがぼくひとりだとちょっと心細いけど、でも天馬が来てくれれば安心だ。体も大きいし頼りになるし」柊が下からのぞきこむようにおれの顔を見てくる。「なにより三人のほうがぜったい楽しいよ。修学旅行のリベンジってことでさ。春休みだし、ちょっと冒険してみるのもおもしろいと思うんだ」

「………」

おれは顔をしかめ、ぎゅっと目をつむった。

やばい、あの顔を見てるとつい説得されそうになる。そしてまずいことに、おれは今、ちょっとだけ心が動きそうになっている。

「お願い、天馬、いっしょに行ってよ。三人ならお母さんたちも安心して行かせてくれるしさ、最後にぼくたちでやりなおそうよ、修学旅行」

「なにが修学旅行だ、おまえの一身上の都合だろ！」

しまった。どなりつけたひょうしに、小林のむだにでかい目を見てしまった。くそ、そんな子犬みたいにこっち見るな。あわててそらすと、こんどは柊と目が合った。おれを見てにこっとほほえみかける。だから、その顔やめろって。

ああもう。

「わかったよ」気がつけばうなるようにそう答えていた。「で、いつ行くんだよ。何日？」

ほとんどやけくそで言うと、小林がぱっと顔を輝かせた。

「えっと、金曜日。あさって！」

「その日は、天気もよさそうだよ」

柊がそう言って、腹が立つくらいまぶしい笑顔を見せた。

# 第2章　出発

出発の日は、あっというまにやってきた。

おれたちはそれぞれリュックを背負い、待ち合わせ場所に集合した。なぜか風知だけがガラガラと、キャスター付きのキャリーケースを引っぱっている。

「だって重いんだもん」

「おまえはちょっと体力つけろよ」

頭のてっぺんをぐりぐりしてやると、風知は「痛い痛い痛い」と頭を抱えた。

「天馬、やめなって」柊が苦笑しながらたしなめる。「ほら、ホームはこっちだよ」

おれたちはぞろぞろと駅の構内を移動していった。

最初、この降ってわいたような旅行の話をしたとき、父さんと母さんはいい顔しないだろうなと思った。子どもだけでぜんぜん知らない相手の家に泊まりに行くなんて、たぶん許してくれないだろう。けれど、ふたを開けてみたらぜんぜんちがった。おれに、いっしょに旅行に行くほど仲のいい友だちができたのかと喜んで、ふたつ返事で承知してくれた。あっちはあっちで、変な時期に転校することになった息子のことを心配していたらしい。柊のほうは、母親どうしがもとから顔見知りだったのでとくに問題はなかった。

「にしてもおまえ、なんでそんな荷物でかいんだよ？」

おれと柊はリュック一個だっていうのに。

「えー、だっていろいろ入ってるよ。着替えでしょ、お土産でしょ、おやつと、あと……」

「あー、わかったわかった」

そのときホームに電車が滑りこんできて、おれたちは急いでそれに飛び乗った。

三つ目の駅で降りて、ここから特急電車に乗り換えることになっている。

ホームに行くと、電車はすでに来て停まっていた。

ぴかぴかの車両を前に嬉しそうに写真を撮っているグループがいる。親らしい人に見送りに来てもらっている中学生くらいの男子もいた。おれたちはなんとなく胸を張ってその横を通りすぎる。おれたちの親はみんな仕事に行ってしまって、だれひとり見送りに来なかった。ちょっと薄情な気もするけど、まあ信頼されてるんだってことにしておこう。そのぶん、出かける直前まであれこれ細かく注意されてうるさかったけど。

三人で切符を取りだして確認する。

「ねえ、ほんとにこれで合ってる？」

「と思うけど。ね、天馬？」

ふたりしておれに聞いてくる。こっちへ引っ越すとき新幹線に乗ってきたと話したら、いつのまにかおれがいちばんの経験者ということになってしまった。ほんとは、半分ふてくされて親のあとをついていってただけなんだけど。

「だいじょうぶ、合ってる」たぶん。

「よし、行くぞ」先に立って乗車口をくぐる。なかに入ると、目の前にぴかぴかのシートがずらりと並んでいた。

「すごいね」「うん」後ろで柊と風知がひそひそ言う声がする。

「まあまあかな」おれは慣れた顔で足を踏みだした。

きょろきょろしながら通路を進み、空いている席を見つける。シートを動かし四人掛けのボックス席にした。風知が酔いやすいと言うので、おれひとりが反対向きに座ることにする。

発車ベルが鳴って、いよいよ電車が動きだした。

「――わあっ、動いた」

風知が窓に貼りついて声をあげる。

「やめろって、ガキじゃないんだから」

小声で言っておいて、さっそくリュックからポテトチップスとコーラを取りだした。

「えっ、天馬、もうおやつ食べるの？」

「だって腹減ったもん」

袋を開け、ピザ味のチップスをバリバリとかみくだいた。コーラで一気に流しこむ。

やっぱりこの組みあわせがベストだ。向かいのふたりに「食う？」と袋をさし出すと、風知はすでに外の景色に夢中でこっちを見ようともしない。柊は遠慮ぎみに小さいのを一枚だけ取り、くずをこぼさないように手をそえて上品に食べはじめた。おれはあきれて言った。

「おまえ、どこのお坊ちゃんだよ」

「え、なにが？」油のついた指先をティッシュできれいにぬぐう。思わず声が出た。

「あっ、ばかもったいない！」

柊はきょとんとしている。いやだから、ふつうなめるだろそれは。

「……ひとつ聞いていいか？」

「なにを？」

「前にちょっと聞いたんだけど――おまえ『王子』って呼ばれてたって、ほんと？」

柊は飲みかけのお茶にむせそうになった。

「な、なんで」

「だってそう聞いたぜ、別名『ほほえみ王子』とかってさ、女子にもよそのお母さんたちにもキャーキャー言われてたって」

「まさか、大げさだよ」

「へえ。うそだ、とは言わないんだな」

にやにやして言うと、柊は無言でおれのポテトチップスに手をのばし、こんどはでっかい一枚を取ってバリバリと食べはじめた。

と、それまで窓に貼りついていた風知がぱっとふり返った。

「ぼく知ってるよ。むかし、幼稚園の劇で、柊が王子様役をやったんだよね。それで、劇のとちゅうに、よそのお母さんが落としたハンカチを拾ってあげたの。わざわざ舞台から降りてさ。そしたらみんなキャーッってなって、たぶんそれからだよ」

「うわ、なんか目に浮かぶそれ」

「かっこよかったよお。ていうか柊、今も女子に呼ばれてるよね、王子って。——はい、これ」

風知は自分もおやつを取りだし、おれと柊に分けてくれる。赤い大粒の立派なカリカリ梅だった。

「これ食べると、乗り物に酔いにくいんだよ」どんどん出しては手に載せてくる。

「あっ、も、もうじゅうぶん、サンキュ」

「欲しくなったらいつでも言ってね」

にこにこしながらそう言った。おれは初めて見るような気持ちでその顔をながめる。

ふうん。「小林風知」って、こういうやつだったんだ。

これまでほとんど口をきいたこともないし、教室で見かけることすらほとんどなかった。どんなめそめそしたやつかと思ったけど、べつにぜんぜんふつうだ。まあ、チビだし、ちょっとガキっぽいし、前髪長くてうっとうしいし、あと正直おやつのセンスは微妙だけど、でもつきあえないってほどじゃない。

「わあっ、見て見て」

風知が声をあげる。散歩中の柴犬がおれたちの乗った電車を追いかけてきた。すぐに見えなくなる。柊がくすっと笑った。

「ちょっと天馬に似てたね、あの犬」

「どこがだよ」

「足が速いところと、ひたすらまっすぐ走るところ」

風知が三個目のカリカリ梅を食べはじめた。おれは柊の分けてくれたチョコをぼりぼりかじる。柊はおれのポテトチップスからでかいやつばかり取って食べている。おい。おまえ行儀いいんじゃなかったのかよ。「せんせー、梅干しはおやつに入りますか」耳もとでうんと低い声で言ってやったら、「王子」がむせてポテトチップスのかけらをふきだしていた。

特急電車は快調に進んだ。大きな川を渡ったり、トンネルをくぐったり、めまぐるしく景色が変わっていく。

おれが二袋目のスナック菓子を開けるころ、柊がふと思いだしたように言った。

「風知、あれ持ってきた？　卒業アルバム」

「うん、だいじょうぶ。ちゃんと入ってるよ」

自分のキャリーケースをぽんぽんとたたく。

「卒業アルバム？」その言葉に耳がすばやく反応した。眉間にぎゅっとしわがよる。

「なんでそんなもん」

「あのね、宿題なんだ、これ」風知がにこにこと答える。

「宿題？　そんなのあったっけ」

「ちがうよ、天馬。これはそういうんじゃないんだ。風知のお父さんの出した課題なんだよね？」

柊の問いかけにこくりとうなずく。

「うん、そう。寄せ書きを集めなきゃいけないんだ、これに」

「寄せ書き？　なんで」

「何人分だっけ」

「えっとね、十人。ぜんぶ知らない人からもらうこと、だって」

「十人かあ……声かけるだけでもけっこう大変だね。みんな書いてくれるとは限らないし、そもそもどこで人を探したらいいか――」

おれの質問を無視してふたりは話をつづける。

「ちょ、ちょっと待て。どういうことだ、それ？」

「あれ、言ってなかった？」

柊がにっこりとっておきの笑顔を見せる。いやな予感がした。こいつがこういう顔をするときは、ぜったいなにかある。風知が説明した。

「あのね、ぼくがお父さんに会いに行くときは、いつもなにか課題を出されるんだ。それをクリアしないといけないことになってる」

「課題っていうかミッションだよね」

「そう。お父さんとの約束なんだ。一年に一回、ぼくがちゃんと成長してるかどうか、見せてほしいんだって。小さいころは、『ラーメンをひとりでぜんぶ食べる』とか『プールで十五メートル泳ぐ』とかだったんだけど、でももう中学生だし、だからえっと、今回は――」ごそごそとポケットからメモを取りだす。「『旅のとちゅう、卒業アルバムに寄せ書きをしてもらうこと』。知らない人に自分から声をかけて、十人分集める、って。あと、『書いてくれた人とそれぞれ写真も撮ってくること』」

「……うーん、そこがいちばんハードル高いと思うよ。写真まで撮らせてくれる人はなかなかいないんじゃないかな。あちこちで片っぱしから声をかけていかないと、約束の時間までに集められないかも」

「やっぱり？」ふたりで頭を突きあわせて相談している。

「おい待てよ、ちゃんと説明しろって。そんなの、おれはぜんぜん――」

言い終わるより早く、ぱっと風知が顔を上げた。

「ごめん。つきあわせてごめんね、天馬。でもお願い。今だけ、手伝ってもらえないかな」

「知るかよそんなの、なんでおれまで」

「今年も、ちゃんとクリアしたいんだ。年に一度の約束でしょ？ ずっと離れて暮らしてるし、ぼくがちゃんと成長してるってお父さんを安心させないと。ひとりだと難しいけど、でも、柊と天馬がいっしょにいてくれたらなんとか――」

「だからっておれはカンケーないだろ。だいたいおれは、その卒業アルバムが大嫌いなんだ。見てるだけでムカつくんだよ！」

風知がびっくりした顔でおれを見た。

「そうなの？　なんで？」

「なんでって――」とっさに口ごもる。おれのほうこそ逆に聞きたい。おまえはなんで嫌じゃないんだよ。

「写ってねえんだよ。ぜんぜん。……あとからひとりだけ撮った、付け足しのクラス写真くらいで」

集合写真なんかすみっこでちっちゃい丸に囲まれている。これじゃまるで心霊写真だ。

「あのリレーのは？」

柊が気をつかって聞いてくるのを鼻先で笑いとばした。

「あんなの数に入らねえし。中身すっかすかじゃん。こんなんで卒業アルバムだなんて言えるかよ。おまえのだって似たようなもんだろ？　だいたい、ぜんぜん知らない人から寄せ書き集めてどうすんだよ。虚しいだけじゃん」

「えー、でも、いい思い出になりそうじゃない？」

「ばーか、友だちや先生に書いてもらうからいいんだろ。とにかく、おれはあんなもの二度と見たくないね」

「そうかなあ。ぼくはけっこう楽しかったけどな、これ」風知がぱらぱらとページをめくる。目の前で見られるといらいらした。つかみとって窓の外に投げ捨てたくなる。

「へっ、どこが。ぜんぜん写ってないくせに。見たって意味ねえじゃん、そんなの」

吐き捨てるように言ってからハッとする。待てよ。このせりふ、前にどこかで——

「それ、持っていってお父さんに見せるんだよね。今日会ったら」

「うん」

柊の言葉に風知がうなずく。

しまった。そうか、お父さん。気まずくてそのままだまりこむ。

キンキン声たちの言ったあのムカつくセリフ。それと同じことを、おれも言った。たった今。

おれとちがってこいつは、ずっとあの学校の生徒だったはずだ。どんな気持ちでお父さんに見せるんだろう、それを。

むりやり窓の外に目をやると、ガラスに自分の顔が映った。あわてて目をそらす。

ファン、と警笛が鳴って、電車がゆっくりとカーブしはじめた。窓から射す光も、四角い形を変えながらいっしょに動く。おれはぼんやりとそれを目で追った。

「……ていうかさ。おれらが手伝ってもいいのかよ？」

しばらくたってぼそりと言うと、柊と風知がはっとしたように顔を上げた。

「言ったじゃん、さっき。おまえのための課題だって」

「あっ、あのね、声をかけたり頼んだりするのはぼくがやるよ。ふたりはそばにいて、写真とか撮ってくれればいいんだ。それだけだよ。お父さんもそれならいいって」

「ふん」おれは鼻を鳴らした。「……わかった。しょーがないから、つきあってはやるよ。でもそれだけだぞ。おれは見てるだけだからな。なんか頼むんなら、そっちの王子に言え」

「うん！」風知がパッと顔を輝かせる。「ありがと、天馬」

「よかったね風知。天馬がいれば百人力だよ」

柊がにっこりしながらおれの肩に手を置いてくる。

「だから、おまえはその顔やめろって」

はらいのけようとすると、柊がすいと顔を近づけてきた。

「そういえばさっきの話だけど」手に持ったカリカリ梅を、おれの目の前で口に放りこむ。

「お弁当に入ってなければ、梅干しもおやつ――だってさ」

そう言ってにっこりと笑った。


電車はさらに進んでいく。もうすぐ五つ目の駅を数えようとするころだった。

「――うええぷ」

おれはぐったりと窓枠にもたれかかっていた。

「天馬、だいじょうぶ？」

柊がペットボトルをさし出してくるのに、力なく首を振る。

「いい……」

すっかり電車に酔ってしまった。めまいがして胸がむかむかして、とにかく気分が悪い。シートをもとのふたり掛けの位置にもどしてもらい、ひたすら目を閉じて耐える。

「くそう、なんでこのおれが……」

この三人のなかでは、いちばんタフだと思っていたのに。

「カリカリ梅を食べなかったからだよ、きっと」

背もたれの上から、風知がのぞきこんでくる。ちがう、と反論したかったけどそんな元気もなかった。

「トイレに行って吐いてきたほうが楽だよ」

柊はそう勧めたけど、おれはがんとして首を縦に振らなかった。乗り物酔いで吐くとか、そんなみっともないことできるか。

そのとき、車内アナウンスの声がした。

〈まもなく……車します、なおこの電車は、つぎの駅で七分ほど停車いたします――〉

――助かった。停まったら外に出て、新鮮な空気を吸おう。

こみあげる胃液をこらえ、おれはぎゅっと強く目を閉じた。


「ぷはーっ、生きかえったあ……」

ホームのベンチに座り、冷たい水を一気に飲んで、ようやく人心地ついた。涼しい風が襟元を吹きぬけていく。

「やっぱり外の空気はいいねえ」

隣で風知も深呼吸する。カサカサ音がすると思ったら、またカリカリ梅の包みを開けていた。「食べる？」と言うので、こんどはしぶしぶ受けとった。

「……おれ、すっぱいの苦手なんだよ」目をつぶって口に入れガリッとかむ。すぐにごくごくと水で飲み下した。

「——うっ、ぐえっ、種飲んだ！」

「天馬、だいじょうぶ？」

　そのときコンコンと音がして、荷物番の柊が電車のなかから手まねきしていた。口をぱくぱくさせながらしきりに腕時計を指さしてみせる。おれたちは急いで電車にもどった。シートはまたボックス席にもどされ、こんどは柊が反対側に座ることになった。席に着くなりおれたちに顔を寄せてくる。

「ねえ、ぼくさっき、あそこの人たちに話しかけられたんだけどさ」

　そっと指さした先には、白髪頭の女の人がふたり座っていた。どっちも首にピンクや黄色のふわふわしたマフラーみたいなのを巻いている。旅行中なのか、テーブルにはみかんやらまんじゅうやらが所せましと並んでいた。

「あの人たちさ、頼めば書いてくれるんじゃないかな、アルバム」

　おれたちの視線に気づいたおばあさんのひとりが、みかんを手にこっちへ近づいてきた。ピンクの首巻きのほうだ。

「ねえ、あなたたち、よかったらおみかん食べない？」

そのときガタンと電車が動きだして、おばあさんがぐらりとバランスを崩した。柊がさっと立って手を貸してやる。「まあ、ありがとう、まあやさしい！」ピンクのおばあさんは大感激して、「待っててね、おまんじゅうも持ってきてあげる」いそいそと自分の席へもどっていった。

「……ほんっとおまえって、女にモテるのな」

風知もにこにことうなずいた。

「だって王子だもんね」

「ちがうってば。ほら、ぼく、ずっとおばあちゃんたちと暮らしてたから――」

そこへさっきの人がもどってきた。こんどは黄色い首巻きもいっしょだ。

「あらほんと、かわいいぼくたちね」

「おりこうなのよ、とっても礼儀正しくて。はいこれ、どうぞ召しあがれ」

目の前に桜の花の載ったまんじゅうと抹茶のチョコが置かれる。

「ありがとうございます、いただきます」柊が礼を言うと、おばあさんたちはとろけそうに目を細めて喜んだ。

「あのっ、すみません、お願いがあるんですけど」

風知がでっかい卒業アルバムを抱えて立ちあがる。

「これになにか一言、書いてもらえませんか？」

「ええ？」ふたりは面食らった顔をした。「それ、なあに？」

風知がいっしょうけんめい説明するにつれ、おばあさんたちの顔がだんだんしんみりしはじめた。

「……まあ、じゃあご両親はあなたが小さいころ離婚なさって、それであなたがわざわざ遠くまで会いに行くの？　お父さんに？」

「はい」

「んまあ」「そうだったの」口々に言いながら頰を手でおおう。

「そういえばうちのご近所にもね、いらっしゃるのよ。息子さんが離婚してもどってこられて」「あらあ、たいへん」「そうなのよ、それでね……」おばあさんたちはそのまま近所の人の話で盛り上がりはじめた。風知はすっかり置いてけぼりだ。

「ほんと、いちばんかわいそうなのは子どもよねえ」「そうそう」

風知が卒業アルバムをにぎったまま、どうしたらいい？　という顔でこっちを見てくる。

知らねえよ。おれに言うなよ。顔をしかめてにらみ返す。

それにしてもこのふたり、いつになったら書いてくれるんだろう。さっさと終わらせてあっちに行ってくれないかな。ちらっと柊を見ると、やつは静かな顔であいかわらず行儀よく座っている。

そのとき到着を知らせるメロディが鳴った。ピンクのほうがハッとして顔を上げる。

「あらっ、たいへん」「わたしたち、もう行かなくちゃ」

ピンクと黄色のふたりのおばあさんは、あたふたと席にもどっていった。風知はだまってすとんと座席に腰を下ろした。

駅に着いて乗客が降りていくとき、柊が外に向かって小さく頭を下げていた。おれはそっぽを向いていた。電車がまたゆっくりと動きだす。

「寄せ書き、もらえなかったね」ぽつりと風知が言い、すぐにへへっと笑った。「お菓子はいっぱいくれたけどね」

テーブルの上にはさっきもらったまんじゅうやみかんが残っている。風知が言った。

「あのさ、……ぼく、かわいそうかな？」

「まさか」

「べつに」

「よかった」風知は安心したように笑った。

ゴーッと電車がトンネルに入り、また外へ出る。窓の外が明るくなった。

「——つぎはさ、ちょっと頼みかたを変えたほうがいいかもしれないね」

柊が言いながらテーブルの上のまんじゅうに手をのばす。おれはあきれて目をみはった。

「食うのかよ」

「腹が立つと糖分が不足するんだ」

「えっ」

「だって勝手だもの。あの人たち」

驚いた。こいつ、怒ってたのか。

「あの世代ってあんな感じ多いけどさ」と言いながら、柊はまんじゅうをていねいにふたつに割って口に入れる。もぐもぐかんで、ちゃんと飲みこんでから口を開いた。

「離婚とか、お父さんとか、そういうのはないほうがいいかも。変に勘ぐられてまた嫌な思いするのもやだし——とすると、頼むときどういう理由にすればいいかな」

「さあ？　ほんとに宿題ってことにすれば？　中学の新一年生に出されたって言ってさ」

「でもそしたら、ぼくと天馬のぶんもないとおかしくない？」

「じゃあどうすんだよ」

言いあっているところに、風知がおずおずと提案する。

「あのさ、素直に、『卒業旅行の記念にしたいから』っていうのは？」

「そうだね。それいいかも。こういうのは変にひねらないほうがいいし」

勝手にしろ、とおれは窓の外に目を向ける。

と、柊がテーブルの上のまんじゅうを見て言った。

「ねえ、みんな食べないんならもらっていい？　これ、すごくおいしいよ」

「え、そうなの？」

「うん。だってこれ、花栄堂のお菓子だもん。予約しないと買えないよ。これ、季節限定だし」

「まじかよ、食う食う！」

なんとか堂っていうのは知らなかったけど、柊の言ったとおりたしかにそのまんじゅうはびっくりするくらいうまかった。

おれたちはみかんから抹茶チョコまでぜんぶきれいに食べてしまった。

「おいしかったねえ。あのおばあさんたち、すごくいいものくれたんだね」

風知がにこにこして言う。

「まあね」柊もうなずく。

「でもおれは、ポテチのほうがぜんぜん好きだけどな！」

おれが負け惜しみみたいに言うと、「うん」「ぼくも」ふたりも笑って賛成した。

# 第3章 課題

昼前には目的の駅に着いた。特急電車はここで降りることになっている。おれたちは待ちかねたように車外に出た。特急に乗るのは嬉しいけど、それは長時間座りっぱなしでいたいってことじゃない。

「あー、やっと着いた！」

腕をのばしてぐるぐる回す。特急の停まる駅だけあって、駅ビルも新しくてなかなか立派だ。

「あとどれくらい？」

「えっとね、ここから普通に乗り換えてふたつ目だって。十五分くらい」

風知のお父さんとは、仕事の終わったあとの夕方六時に駅で待ち合わせになっている。

それまで課題をこなす時間はたっぷりあった。

「あっ、ねえ、あの人どうかな？」

風知が指さしたのは、制服を着て制帽をかぶった駅員さんだった。ちょうど出ていった電車を見送り、こっちへ歩いてくるところだ。

「いいね。第一号だ。頼んでみなよ」

風知がアルバムを持って話しかけているあいだ、おれと柊はちょっと離れた場所で待っていた。やがて風知が笑顔でふり返る。「書いてくれるって！」

親切な駅員さんは、おれたちを事務室の近くまでつれていって、待っているあいだ外のベンチに座らせてくれた。

「卒業アルバムなんて、なつかしいなあ」

その人はそう言って、書き終わったあとのアルバムに駅の記念スタンプまで押してくれた。さっきまで乗っていた特急電車がデザインされている。

思わず「いいなあ」と言うと、駅員さんは笑っておれと柊のぶんも、べつの紙に押して持ってきてくれた。風知のスマホで、みんなで並んで写真も撮らせてもらう。

「ありがとうございました」

元気よくお礼を言って、おれたちは駅の出口に向かった。駅員さんが、近くの大きな公園で桜祭りをやっていると教えてくれたからだ。

「出店もあって、にぎやかだと思うよ」

最後に手を振ると、敬礼して見送ってくれた。

風知はほうっとため息をついた。

「かっこよかったねえ、駅の人」

「まあな」

「なんて書いてくれたの？」

風知が開いたページを見せてくる。真っ白なページの左すみに、日付や駅名と並んで、

〈人生のよき旅を〉

と書いてあった。

「文章もかっこいいねえ」風知が感激したような声をあげ、「よかったね」柊もにこにこと答える。「やっと一個じゃん」横からのぞきこんでいたおれは、首を引っこめると、先に立ってさっさと歩きだした。

桜祭りの公園に行ってみると、会場は提灯やのぼりでにぎやかに飾られていた。出店

もたくさんあって、風にのってソースの香ばしいにおいが流れてくる。

　かんじんの桜は、まだあまり咲いていなかった。人も思ったほど多くない。ぶらぶらと会場を歩きまわって何人か親切そうな人に声をかけてみたけど、みんな話のとちゅうで離れていった。

「……やっぱり難しいねえ」

　風知が額の汗をぬぐう。やたら天気がいいうえに屋台の熱気も手伝って、歩いていると汗ばむくらいだ。

「あっ、なあ、あれ食べようぜ」

　おれはかき氷屋の屋台を指さした。近寄っていくと店の前には色とりどりのメニューが並んでいる。

「わあ、いっぱいあるねえ。みんなどれにする、柊は？」

「ぼくはレモンがいいかな」

「えーどうしよう、迷うなあ。イチゴか、あっ、でもブドウもいいな。天馬はどうする？」

「このレインボーってやついいな、シロップ全種類かかってる。あっ、でもちょっと高いのか」

店番をしていたのはエプロンを着けたかわいいお姉さんで、おれたちが選ぶのをにこにこと待ってくれている。「近所の子?」と気さくに話しかけてくるから、「いえ、旅行中なんです」とちょっとキリッとして答えておいた。

おれたちがいつまでも迷っていると、「——あのさ、これ、ほんとは秘密なんだけど」お姉さんは声をひそめて身を乗りだしてきた。エプロンの下からちらっと胸もとがのぞいてどきりとする。

「色はちがうけど、味はどれも、おんなじなんだよ」いたずらっぽく目配せしてみせる。

「えーっ」

「まじ?」

「しーっ、重要機密なんだから、業界の」言いながらくすくす笑っている。笑うともっとかわいかった。

「じゃあおれ、イチゴ」

まっさきに決断力のあるところを見せると、柊と風知もすぐにつづいた。

「ぼくはレモンください」

「ぼく、ブドウにします」

お姉さんは「はあい」と返事して三種類のかき氷を作りはじめた。

「ねえ風知、頼んでみたら、あれ？」

「あっ、そっか！」

「はい、お待たせしましたあ」お姉さんが笑顔でかき氷を並べてくれる。風知がおそるおそる声をかけた。「あの、すみません……」

話を聞いたお姉さんはけらけらと笑い、

「なあんだ、そんなこと？　いいよお、わたしでよければ」

あっさりと承知してくれた。

「うわあ、卒アルとかひさしぶり」はしゃぎながらさらさらと書いてくれる。

写真もすぐにOKしてくれて、「待って、これ貸してあげる」と自前の自撮り棒まで出してきた。お姉さんは風知が汗をかいているのに気づくと、自分の手首からゴムをはずし、前髪をきゅっとしばってくれた。「ほら、こうしとくといいよ」風知の頭から、赤いゴムで結んだ毛先が空に向かってぴょこんとつき出している。

「ねっ？　かわいいでしょ」

氷
氷
氷
氷
氷
氷
氷
いちご
メロン
レモン
マンゴー
ブルーハワイ

「なんだよそれ、女じゃないんだからさあ」

「あら、侍ヘアじゃない。ベッカムだってやってたんだから」

お姉さんは自信満々で腰に手を当て胸をそらせた。

「はい、行くよ、せーの！」

それぞれかき氷を手に、笑顔で記念撮影を終える。

「どうもありがとうございました！」

つぎのお客が来たのでおれたちは屋台を離れた。もうちょっとしゃべっていたかったのに、残念だった。

桜の木の下に座り、今買ったかき氷を食べる。ちょっと溶けかかっていたけど、冷たくておいしかった。

「ほんとにどれも同じ味かな？」

目をつぶってたがいのを味見してみたけど、よくわからなかった。

「冗談だったんじゃない？」

「さあ。でもこれからかき氷を食べるたびに思いだすな、この話」

「そうだね」

風知は侍ヘアが気に入ったらしく、結んだところを手でそっとさわっている。

「――なあ、さっきのさ。なんて書いてくれたんだ？」

風知はアルバムを開いて見せてくれた。見開きの真っ白なページに、ようやくふたつ目の書きこみ。男の子の顔マークと、かき氷の絵と、それからこんな文章があった。

〈Every flavor will delight you, anyway!〉

「え、なんて書いてあるの？」

風知が持っているスマホで意味を調べる。

「ええとね、えっと、あっ出た。――『とにかくすべての味があなたを喜ばせます』

――？」

「どういう意味だ？」

柊が自信なさそうに首をかしげる。

「さあ……。たぶん、なに味でもおいしい、ってことじゃないかな……？」

お姉さんの屋台に目をやると、こんどは大学生くらいの男たちが数人、店の前に固まってなれなれしく話しかけている。「ねえねえ、おすすめってどれっスかあ？」

「……なんだあのチャラいの」柊と風知も同じほうをながめている。

男たちのひとりがしつこく店の前に居座ってなかなか離れようとしない。

「ねえ、バイト何時まで？　よかったらさあ――」そのとき手がすべり、買ったばかりのかき氷がどしゃりと地面に落ちた。「ああっ！」

「ばーか、もったいねーっ」わあわあと騒いでいる。

「ぷっ」おれたちはそろってふきだした。

ざまあみろ。にやにやしていると風知がおれを指さして言った。

「〝とにかく天馬を喜ばせます〟――？」

「うっ、うるせえよ。そっちこそ喜んでんじゃねえか！」

おれはぎゅっと風知の前髪をつかみ、ついでに隣で笑っている柊の脇腹にも突きを入れる。「痛い痛い痛い」「やめて天馬、暴力反対」

そのとき屋台のほうから情けない声が聞こえてきた。

「――えーっ、またお金取るんですかあ？」

おれたちは顔を見あわせ、それから三人で肩をふるわせて笑った。

「とにかくあなたを喜ばせます」は、そのあとしばらくおれたちの流行語になった。おれが服に赤いシロップをこぼして、柊に「ティッシュがあなたを喜ばせます」って渡されたときは、腹がつりそうになるくらい笑った。「く、苦しい」「お腹痛い」最後には息もたえだえになって芝生にひっくり返る。

「も、もうムリ……」スー、ハー、と深呼吸する。やれやれ。ようやく息ができるようになった。なんか友だちとこんなに笑ったの、ひさしぶりだ。

――ん？

待て待て。ちょっと待て。おれ今、なんて言った？　まさか、友だ――

「ぷっ」柊がおれの顔を見てふきだした。風知もさっと顔をそむける。「お願い、天馬。こっち見ないで」おい。おまえらどっちも失礼だぞ。

「ばーか。かってに笑ってろ」

おれは起きあがり、カップに残った溶けたかき氷をひと息に飲みほした。うす甘いそれは、たぶん、イチゴの味だった。

「ぼく、トイレに行ってくるね」

いいかげん笑い疲れたころ、風知がそう言ってすみにある白い建物のほうへ走っていった。

「もうお昼すぎちゃったね。昼ごはん、どうしようか？」

「うーん、あんまり腹減らないなあ」

横には風知のキャリーケースと卒業アルバムが残されている。ちらっと横目で見て言った。

「……まだやっとふたり分か。あと八人、ほんとに集まんのかよ。ていうかさ、こんな課題出すとか風知の親父さんてそうとう変わってねえ？」

「さあ、どうだったかな。ぼくもほとんど見た記憶ないから」

「まあ、気持ちはわかるけどな。そりゃ心配したくもなるよ、あいつみたくあんなふにゃふにゃしてるんじゃ」

柊がふきだした。

「天馬に比べればたいていのやつはふにゃふにゃしてるよ。ねえ、天馬のお父さんて、どんな人？」

「うち？　そうだなあ……とにかくでかいかな、体が。むかしラグビーやってたとかでさ、なんとなく肉団子っぽいんだ、全体的に」

「あはは、天馬お父さん似なんだ」

「ばか失礼なこと言うな。おれはあんなじゃねえぞ。でもさ、体でかくても意外にメンタル繊細でさ、環境の変化に弱いっていうの？　すぐお腹こわすし。うちで最強なのは、やっぱ母さんかな」

「そうなんだ」柊は楽しそうに笑った。

「じゃあおまえんちは？　お父さん、やっぱり王子系？」

「さあ、わからない。いないんだ、ぼくが小さいころに病気で。だからほんとに、覚えてない」

さらりと言われて一瞬聞き流しそうになった。「へえ、そ――え？」

柊はすぐににこっとほほえむ。

「あ、だいじょうぶ。べつに気にしないで。気がついたらもうそうだったし、五年生までは母さんの実家で、おじいちゃんやおばあちゃんといっしょに暮らしてたし」流れるようにすらすらと説明してみせる。「だからほんとに、聞いちゃってごめんとか、そういうの気にしなくていいから」

「う――」まさに今ごめんと言おうとしていたおれは、口をぱくぱくさせるしかなかった。柊がそれを見てまたくすくすと笑う。

「――あれ？　そういえば風知、まだかな」

その言葉にはっと顔を上げた。そういえばそうだ。なにやってるんだあいつ。

「あっ、いた」トイレの建物から風知が出てきた。だれかといっしょだ。

やけにゆっくり歩いていると思ったら、松葉づえをついたおじさんに肩を貸してやっているのだった。

「あーあ、人がいいよなあいつ」

ぴょこぴょこと進む風知を見て、ため息が出る。本人はいっしょうけんめい支えてるつもりだけど、ぜんぜん背が足りていない。柊がふふっと笑って言った。

「風知はやさしいよ。ていうより、やさしすぎる、かな。小さいころからずっとそうだよ」

「ふーん。おまえら、幼稚園からいっしょなんだっけ？」

「うん。風知はさ、自分の遊んでるおもちゃも、だれかが欲しがればすぐ渡しちゃうんだ。自分はいつもなんにもなくなっちゃってさ」

「ばっかだなあ、欲しいものは死守しろよ」

柊はまたくすくすと笑った。

「風知も天馬みたいだったら苦労しないんだろうけどね」

なんか、微妙にばかにされてるような気がする。と、柊が「あれ？」と声をあげた。

「風知、なにしてるんだろ」

見ると、風知はまだ松葉づえのおじさんとトイレの前で話している。それからなにかうなずいたかと思うと、ふたりで車椅子マークの付いたトイレのほうへと移動しはじめた。

「まだやってる。ほんとあいつ、どこまで人がいい――」

柊が急に立ちあがった。「行こう、天馬」

「へ？」

「あの人、おかしい。風知をつれもどさなきゃ」先に立って走りだした。

「ええ？」おれもあわててあとを追う。

「なあ、ちょっと待てって、いったい――」

「いいから」

わけのわからないままついていき、ふたりから少し離れたところで止まった。

「風知！」

風知と松葉づえのおじさんは、今にもドアを開いてなかに入ろうとしているところだった。おじさんはおれたちを見て一瞬びっくりしたようだったけど、すぐにふつうの顔にもどった。白いワイシャツにグレーのズボンの、どこにでもいそうなやさしそうなおじさんだった。

「あんまり遅いから、迎えにきたよ」

柊の声はおだやかだったけど、めずらしく顔が真剣だった。

「お兄さんたちかい？」おじさんに尋ねられ、風知は「ううん、友だち」と答える。

「待ってて、なかに入るのお手伝いしたら、すぐもどってくるから」にこにこと言う。

「ありがとう、助かるよ」おじさんもそう答えていて、こっちもぜんぜん悪い人には見えない。

おれはちらっと隣を見た。

柊のやつ、やっぱり考えすぎなんじゃないかな。あんまり人を疑うのもよくない気がする。

「なあ、だったらおれたちみんなで、手伝ってやったら……」

するとそれをさえぎるように柊が言った。

「じゃあ、大人の人を呼んできます。ぼくたちじゃ、あんまり力になれないから」

ちょっとかちんときた。おい無視するなよ、人の話を。

「いやいや、だいじょうぶだよ」おじさんは急いで手を振った。「それにそんなに待ってられないんだ、早く行かないと――ほら」

困った顔でもじもじしてみせる。

「じゃあ、おれが手伝ってやるよ」

すばやく前へ出ると、柊が強く腕をつかんできた。ぱっとそれを振りはらう。

「だいじょうぶだって、心配すんな」

おれならあのおじさんと体格もそう変わらない。きっと柊や風知よりはぜんぜん役に立つはずだ。

「いいからおまえはそこで荷物見ててくれよ。それか今のうち――」そこでふと思いついた。なあ、このおじさん、きっと書いてくれるんじゃないかな。

なんたって風知がこれだけ親切にしてるんだし、ついでにおれも手伝えば――ほらな柊、やっぱこれで正解じゃん。

近づいて手をさし出すと、おじさんはなぜかじりっと後ろに下がった。

あれ？　今この人、どっちの脚で動いた？

「だいじょうぶですか？　あの、怪我してるのって、どっちの――」

そのとき、少し先を黄色いジャンパーを着た人が通りかかった。背中に「桜祭り」と書いてある。

「あっ、あの、すみませーん」

松葉づえのおじさんがふいに身をよじった。笑顔を浮かべたままじりじりと下がっていく。

「悪いけど、もうがまんできないよ。ひとりで行ってくるから――」

「え？　いや、でもすぐそこに――あのっ、すいませーん！」

さらに大声で呼びとめようとしたときだった。いきなりドン、と肩のあたりに衝撃があった。つぎの瞬間、おれは地面にひっくり返っていた。

「天馬！」

バタバタと足音が遠ざかっていく。

え？　なんだ、なにがあった？

「天馬だいじょうぶ？」柊が駆けよってきた。

「天馬どいてよお」まきこまれた風知が後ろでもがいている。

「あの人、走って逃(に)げていったよ」

柊がおれを助け起こしながら言った。

「……え？」

おれはぼうぜんとして地面にへたりこんでいた。

「……うそだろ」

まじかよ。あれ、まじで不審者(ふしんしゃ)だったのかよ。

あの、ふっつーの、どこにでもいそうな、やさしそうなおじさんが？

風知がのぞきこんできた。

「ねえ、なあに？　どうしたの、あのおじさんなんだったの？」

「――ばかっ！」

思わず大声でどなっていた。

「だいたいおまえが悪いんだぞ、あんな変(へん)なおっさんにのこのこついていくから。ばっかじゃねえの、なにが侍(サムライ)ヘアだよ。そんなちょっとカワイイって言われたからって、そうやって髪(かみ)なんか結(むす)んでるから、だから女にまちがわれるんだよ！」

風知はびっくりしたように自分の頭を押(お)さえた。

「でもぼく……あのおじさんとは、男子トイレで会ったよ……？」

「知るかよ、そんなの！」立ちあがって力いっぱいズボンの泥をはたく。

「ヘンタイの考えてることなんか、おれにはわかんねーよ！」

「ええっ、あの人ヘンタイだったの？」

「遅えよ！」しばった前髪をぎゅっとつかむ。「痛い痛い痛い」風知が頭を押さえる。

「どっちでもいいんだよ」柊が言った。

「どっちでもいいんだ、あの人たちは。男でも、女でも、子どもなら」

いつのまに用意したのか、濡らしたハンカチを手わたしてくれる。

「でも悪いのは、風知じゃなくてあいつだよ」

おれは無言でハンカチをむしり取ると、手や脚についた泥をぐいぐいぬぐった。手のひらの皮が少し擦りむけている。だまってごしごしやっていたら急に目が熱くなった。

やめろ、泣くとか冗談じゃない。

下を向いて必死でまばたきしながらなんども汚れをこすった。薄いブルーだった柊のハンカチはあっというまに茶色くなってしまった。茶色い汚れは、おれのバカさ加減を表しているみたいだった。

柊は、最初からわかっていた。おれは気づかなかった。つまりそういうことだ。

「ずいぶんくわしいんだな、ヘンタイの心理に」

ぶすっとしながらハンカチをつき返すと、柊はそっと肩をすくめた。

「前に習ったから。安全教室で。学校に警察が来て、そのときいろいろ話をしてくれて——」

「へえ、知らねえよそんなの！」

落ちついたしゃべりかたが、なんかムカついた。

「聞いたことないね、ぜんぜん。だっておれは、学校ちがうからな。おまえらとは」

そのままずんずん歩いて荷物のところにもどった。自分の頬が熱いのがわかった。

くそ。くそくそくそ。

置きっぱなしのリュックはまだちゃんとそこにあった。かき氷のカップも残っていて、「どれも同じ味」のそれを、おれはぎゅっとにぎりつぶしてゴミ箱に投げこんだ。

そのあと、おれたちは駅にもどってまた電車に乗ることにした。

柊は「せめてお祭りのスタッフの人には伝えたほうがいいと思う」と主張したけど、

おれは早く移動したほうがいいと言いはった。

「そんなことしてたら、風知の課題が終わらなくなるだろ」

そう言ったらみんなしぶしぶうなずいたけど、ほんとはおれがこんな場所さっさと離れてしまいたかったからだ。駅に向かって歩いてるときも、さっきの男がついてくるんじゃないかとなんどもふり返った。

「……ねえ、あのおじさんについていってたらさ、ぼくどうなったんだと思う？」

風知が不安そうに見あげてくる。

「知らねえよ」つっけんどんに答える。「誘拐とかさ。それで首とか絞められて捨てられちゃうんじゃねえの」

「ええっ」風知は青い顔をした。「そうなの？　柊、ぼく殺されちゃうとこだったの？」

「それはわからないけど——安全教室ではそこまで教えてくれなかったっていうか」

そこで少し言いよどむ。

「でも、うん、誘拐かもしれないし……それか、服脱がされて写真撮られたり、とか……？」

「——えええええっ」

「キメえええええ」

おれたちは同時に叫んでいた。全身にぞわぞわと鳥肌がたつ。

「キモっ、キモキモキモっ。なんだそれ。まじ最悪じゃん」

さっきの人の好さそうな顔を思いだしたらよけい気持ちが悪かった。三人とも知らず知らず歩くスピードが速くなる。ほとんど競歩のような速さで歩いた。

「なんで？　なんでそんなことするの？」

「知るかよそんなの！　あー気色わる！」

ごしごしと腕をさする。あのおっさんにふれたところがたまらなく嫌だった。べったりと汚いものをくっつけられたみたいな気がする。

待てよ、この感じには覚えがある。ええと、なんだっけ、このいやーな感覚は――

「――あっ、わかった！　うんこ踏んだときだ！」

とつぜん叫んだので柊と風知がぎょっとした。

「ど、どしたの天馬？」

「べつに。なんでもない」

前のめりになってひたすらがしがし歩く。

くそう。あのヘンタイくそじじい。ぜったいぜったい許さない。週に一回、いや、一日三回うんこ踏みやがれ。

心のなかで呪いをかけていると、柊と目が合った。ふいとそらす。

——こいつの言うとおり、やっぱり大人に言うべきだったのかもしれない。ちらりとそう思ったけど、でも、認めたら負けな気がして言えなかった。

電車に乗ってからも三人ともなんとなく無言だった。

「カリカリ梅、食べる?」

ちょっと責任を感じたのか、風知がおやつを出してきた。

「カリカリ梅があなたを喜ばせます!」

袋をさし出したけどだれも笑わなかった。おれたちはしんとして電車に揺られていた。

風知がだまって頭に手をやり、そっと髪ゴムをはずしていた。

# 第4章 海辺の駅

つぎの駅にはすぐに着いた。

風知のお父さんとの待ち合わせの駅はもうひとつ先だったけど、例の課題のためにここで降りたのだった。さっきの駅とは打って変わって、ホームが二本しかない小さな駅だ。なんとなくぎくしゃくした雰囲気のまま改札へ向かう。おれはいちばんあとからのろのろとついていった。

こんなんで最後までやれるんだろうか。寄せ書きはあと八人分も残っているのに。

と、階段の手前でだれか立ちどまっている。なにかもめてるみたいだ。

「やーだあ、おんぶ。しいちゃんねむいの、おんぶー」
二、三歳くらいの女の子がしゃがみこんで動かなくなっている。お母さんらしい人が大きな荷物とベビーカーを抱え、ぐずるその子をいっしょうけんめいなだめていた。

「しいちゃん、もうちょっと、あともうちょっとがんばろ？　そうだ、お外にアイス売ってる、ね、あっちでアイス食べよ？」

しいちゃんと呼ばれた子はちらっと顔を上げ「アイスたべる」と言った。

「じゃあ行こっか、ほら立って」

「やーだああ、おんぶ、おんぶでアイスたべるうう」

うわあ、めんどくせえ。

うんざりしていると、柊がちらっとおれを見てきた。さっと目をそらすと、風知もおれを見ていた。なんだよ、ふたりとも。

「この駅、エレベーターないみたいだね」

「しっ、知らねえよ。おれに言うなよ駅に言えよ」

他人に手を貸すのなんかもううんざりだ。無視して親子連れのそばをすりぬけようとしたとき、「やーだあああ！」足もとにごろんとなにか転がってきた。「うおっ」危うく踏みそうになる。「しいちゃん」だった。

「いいいやあああ、あいすううううう、おおんぶうううううう」

手足をばたばたさせながら泣き叫んでいる。

「あっ、ご、ごめんなさい、しいちゃん、ほらどきなさい、お兄ちゃんたち通れないでしょ、しいちゃん!」

「いいいやあああああああ——!」

こんどはごろごろ転がりながらお母さんの手から逃げまわっている。

チビながらなかなか根性のあるやつだ。と、柊がすいと進みでて身をかがめた。

「服が汚れちゃうよ?」

そばにしゃがんで顔をのぞきこむ。ぴたりと鳴き声がやんだ。

「それじゃ背中痛くなるよ。ほら、立っていっしょに行こ?」

にこっと笑って手をさし出す。出たな、このほほえみ王子。

「………」しいちゃんは無言でもう二回ほどごろごろしてみせると、やがて手を出して柊の手をにぎった。よいしょ、と立たせてもらう。

うわ、小っさ。あまりの小ささにびっくりする。

これくらいのサイズのやつどこかで見たと思ったら、通学路に立っている「飛びだし注意」の看板だった。

「ほんとにすみません、どうもありがとう」しいちゃんのお母さんは娘の涙と鼻水をふきながら、なんども頭を下げている。

「いえ」と柊がかぶりを振って、「じゃあ、ぼくといっしょに上ろうか」と言った。しいちゃんはしっかりとその手をにぎったままこくりとうなずき、それから当然のようにもう片方の手をつき出した。

「えっ、ぼく？」

柊と風知に両側から手をつながれ、しいちゃんはようやく階段を上りはじめた。おれだけぽつりと残される。

「……女王様かよ」

あいつらもあいつらだ。自分らだけさっさと行きやがって。

と、その横でお母さんがあわただしく荷物を抱え、自分も階段を上りはじめた。たたんだベビーカーと、重そうなバッグを持ってよろよろとあとをついていく。

おれはぎゅっと目をつぶり、それからぱっと顔を上げた。階段を駆けのぼる。「あの――」

そのとき、目の前にぽとりと小さな靴が落ちてきた。上の段でしいちゃんが、靴の脱げた自分の右足を見下ろしていた。

「――いいやあああああ」

つぎの瞬間、そっくり返った小さな体がおれめがけて降ってきた。


「ごめんなさい、ほんとにごめんなさい」

「いえ……」

おれはしいちゃんを背中におぶったまま改札をくぐった。

こともあろうにこのチビは、自分が靴を落としたのにかんしゃくを起こして、場所も考えずに後ろ向きにダイブしたのだった。どうにか倒れずに受けとめたけど、もっと高い場所だったらと思うとぞっとする。

「ほんとに、ほんとにもう、あなたたちがいなかったらたいへんなことに」

「はあ、あ、いえ」

しいちゃんは小さくてふわふわしていたけど、背負うとけっこう重かった。いろんなものがぎゅっと詰まってる感じがする。

「ベビーカー、ここでいいですか」

柊が言ってベンチの前に据える。風知はおれのリュックを運んでいた。

「どうもありがとう。ほんとに助かりました」しいちゃんのお母さんが手をのばして受けとろうとすると、背中のチビはぎゅっと腕をまわしておれの首にしがみついた。

「いやっ。アイスっ」

「しいちゃん！　いいかげんにしなさい」

さすがに厳しい声でしかられてしいちゃんはべそべそと泣きはじめた。

「ごめんなさいね、イヤイヤがひどくって。ほら、降りなさい、お兄ちゃん苦しいのよ」

ようやく背中が軽くなる。「すみません、重かったでしょう」お母さんはそう言って笑顔を見せたけど、ちょっと顔色が悪かった。一日じゅうこんなチビの相手してるんじゃ、そりゃ疲れもするだろう。

「あいすううう」さめざめと泣くしいちゃんを見て、こんどは風知が言った。

「あの、あのうぼく、よかったら買ってきましょうか？」

駅前のスタンドにソフトクリームの看板が立っている。お母さんはほっとした顔で、

「ごめんなさい、じゃあ、お言葉に甘えてお願いしていいかしら。あの、それから、あなたたちのぶんも必ず買ってきてね」

お金を渡そうとしてくるので、みんなであわてて断った。

「そんな、だいじょうぶです」「ぼくたちさっきかき氷食べたばっかりで」「ほんとほんと」

けれどしいちゃんのお母さんはゆずらなかった。

「ううん、あなたたちのおかげでとても助かったの。だからちゃんとお礼をさせてちょうだい。ね？」

押し問答の末、結局、しいちゃんはソフトクリームを、おれたちはアメリカンドッグを買ってもらって、みんなでベンチに座って食べた。

「卒業旅行？　三人だけで？　うわあ、六年生ってもうそんなことできちゃうの。すごいのねえ」

心底感心したように言われ、ちょっと恥ずかしかった。

「いや、そんな、たいしたことじゃないです……」

おれはちらっと風知を見た。

ほら、今チャンスだろう、アルバムを頼めばいいのに。視線を送ってうながしてみたけど、風知は気づかないのかもくもくとアメリカンドッグをかじっている。

なにやってんだよバカ。

と、そこでいらいらしている自分にハッとする。べつにカンケーねえじゃん、おれ。

「あと十年したら、この子もお兄ちゃんたちくらい大きくなるのかなあ。そんな日が来るなんて、ちょっと信じられないわね」

くすくす笑って小さな娘に目をやる。しいちゃんは柊にぺったりくっついて、真剣な顔でソフトクリームをなめていた。

ふうん。このチビがおれたちと同じ歳だったら――。想像したとたん背中がぞくりとした。無理無理、こんなの同じクラスにいたら、ぜったい勝てる気がしない。

しいちゃんのお母さんはおれたちの買ってきたお茶をゆっくりと飲んでいる。さっきよりだいぶ顔色がよくなった。

「本当に、どうもありがとう。旅行、気をつけていってらっしゃいね」

しいちゃんとお母さんは、なんども手を振りながら帰っていった。ベビーカーからのぞく小さい手足が、いつまでもばたばたと動いていた。

「なんで頼まなかったんだよ」

ふたりが遠くなったころ言ってみた。

「せっかくチャンスだったのに」

風知は下を向いて今さらのように卒業アルバムを抱えている。

「頼もうと思ったよ、最初は。でも、でもさ――なんかやっぱり、ずるいかなあって」

「ずるいってなにが」

「だってさ、あのとき『書いてください』って頼んだら、すぐに書いてくれたと思うよ、きっと。でも、でもさ、『ああ、書いてほしかったから親切にしたのかな』って、そう思っちゃうかなって……」

「はあ？　それがどうしたよ。べつにいいじゃんそんなの」

「だめだよ。だって、助けようって思ったのはあのお母さんが困ってたからでしょ？　ほんとに大変そうだったし、しいちゃんもかわいかったし、ぼくは、だから手伝ったんだ。柊も天馬もそうでしょ。だけどそれがぜんぶ、うそになっちゃう。ぼくのせいで、みんなの気持ちがそんなふうに思われるの、いやだよ」

おれはぽかんと口を開けた。

「はあー？　ばっかじゃねえの、おまえ。意味わかんねえ。そんなこと言ってたら終わんないだろ！　じゃあ、あれかよ、あの課題って、べつにできてもできなくてもどっちでもいいみたいなユルいやつなのかよ？　冗談じゃない、だったら手伝えなんて最初から言うなよ！」

言ってるうちにだんだん腹が立ってきた。風知も負けじと言いかえしてくる。

「わかってる、課題はやるよ。ぜったいぜったい終わらせる。だってお父さんとの約束だし――」

「へえ、じゃあどうすんだよ！　あと八人分、夕方までに集めないとまずいんだろ。見ろよ、まだぜんぜんじゃないか。それでほんとにやる気あんのかよ」

「あるよ！　あるよ、でも」

「天馬、風知――」

そのとき後ろからおずおずと声をかけられた。

「ねえ、あの、なにを集めるの……？」

ぎょっとしてふり向くと、さっきの親子がふたたびそこに立っていた。

ベビーカーに乗ったしいちゃんが、片方靴の脱げた足をぶんぶんと蹴りあげていた。

「遠慮しないで、すぐ言ってくれたらよかったのに」

しいちゃんのお母さんは、笑いながらペンを持ってさらさらと書いてくれた。

「しいちゃんも、しいちゃんもー！」

「はいはい、この子も書いていいのよね？」

「あ、はい」

「ラッキーだったな」こっそり言ってつつくと、風知は照れくさそうにうなずいた。

しいちゃんの脱げた靴はベンチの下にあった。柊がひざまずいて履かせてやっている。しいちゃんはおとなしく足を出していた。「王子かよ」「王子だね」おれと風知はこそこそと言いあった。

それから全員でカメラに収まった。しいちゃんはちゃっかり柊に抱っこされていた。

「ねえ。その写真、わたしももらっていいかしら」

しいちゃんのお母さんは風知と携帯でやりとりしている。自分のスマホで画像を確認すると、そこで初めて、ちょっとだけ心配そうな顔をした。じっとおれたちを見る。

「あのう、あのね、これはほんとによけいなお世話なのかもしれないけど――」しばらくためらったあと口を開いた。

「あなたたち、卒業旅行の記念に、出会った人たちからアルバムに書いてもらっているのよね？　それはとてもいい経験だと思うのよ。知らない人に声をかけて、きちんと説明して、自分で交渉して。立派な社会勉強だと思う。でもね、ちょっとだけ心配なの。あなたたちは礼儀正しいし、とてもしっかりしてるけど——でもほら、世の中には、やっぱり悪い人もいるから」

　おれたちはぎくりとして目を合わせた。もぞもぞと下を向く。

「だから、約束してくれないかしら。話しかけるのは——そうね、たとえば、ちゃんとしたお店の人とか。それから……あっ、ほら、こういうところの駅員さんとか？」

「はあ……」もうもらいました、と言いそうになるのを柊が横でそっと制した。

「これからはできるだけそういう人を選んで話しかけてみない？　あなたたちには、いい思い出だけ持って帰ってほしいもの」

　そのあとしいちゃんのお母さんは、「どうか、くれぐれもお願いします」とおれたちに向かって頭を下げた。大人相手にするみたいだった。

「あっ、は、はい」「わ、わかりました」「そうします」

　あせって口々に返事する。しいちゃんのお母さんは嬉しそうににこっと笑った。

　しいちゃんはじっとしているのに飽きたのか、さっきからベビーカーをガタガタとゆすっている。「あっち、はーくあっちー」「はいはい」

ふたりはこんどこそ手を振って帰っていった。

アルバムの開いたページには、きれいな字でこう書かれていた。

〈強くて、やさしくて、かっこいいお兄ちゃん。どうかあなたたちの人生に、よいことがたくさん、たくさん、たくさんありますように〉

その横にぐちゃぐちゃの判読不明の線があった。しいちゃんのサインだった。

おれたちはしばらくそれをながめていた。

顔がにやけそうになって、「ふん」と鼻息でごまかす。

なんか嬉しかった。これは風知のアルバムだったけど、この言葉は三人に向けられたものだと思う。だって「あなたたち」って書いてあるし。

「かわいかったねえ、しいちゃん」風知がアルバムをしまいながら言う。

「そうかあ？　めんどくさいだけだろ。柊はよくあれを手なずけられたよな」

柊は、動物じゃないんだから、と笑ったあとふと真顔になる。

「――でも、うん。たいへんだろうなあって思ったらほっとけなくてさ」

「出たな王子」

「べつにそういうんじゃないよ。ただ、お母さんひとりだとたいへんなのはよくわかるからさ」

柊はちょっとむきになって言った。風知もうなずいた。

「そうそう。うちもいつも疲れてるよ。平気平気って言うけど、ときどき、夜こっそり泣いてる。悪いなあって思って、だから気づかないふりする」

柊はわかる、とうなずいた。

おれはなんとなく目をそらした。

そういうもんなんだろうか。よその家は。

うちの母さんが泣くのは、たいていテレビを観ているときだ。「フィギュア決勝」とか、「ペンギンの巣立ち」とかそういうの。あとは仕事して、もりもり食べて、げらげら笑っている。家では父さんもだいたいそんな感じだ。

柊の家はお父さんが死んでしまって、お母さんとふたり暮らしだ。風知の家は離婚して、お父さんだけ離れて暮らしている。もしもおれが転校しなかったら、うちもそうだったんだろうか。父さんが単身赴任とかしていたら、母さんも夜こっそり泣いたんだろうか。考えてもわからなかった。

どっちにしても、だれかが泣くんだな。

うちの場合、今回はそれがおれだったってことだ。ついでに、おれの卒業アルバムを台無しにして。

なんか今はちょっとだけ、風知のアルバムがうらやましかった。

ぶるっと頭を振る。

「――よし。じゃあ、行こうか」

「うん」

おれたちは荷物を持って、ふたたび歩きだした。

駅前通りをはしからはしまで歩き終わるころになっても、ほとんど人に行きあわなかった。お店もあるにはあったけど、そば屋とか理髪店とか用がなければ入れないようなところばかりで、頼みたくても頼む相手がいない。

「だれもいないねえ」

風知のキャリーケースの音だけがガラガラと通りに響いている。柊があたりを見まわした。

「車はけっこう通ってるんだけどね」

ときどき自転車に乗った人が通りすぎるだけで、歩いている人をほとんど見ない。

「どうする？　もうここやめて、つぎの駅に行くか？」

さっき見た駅の案内板では、海のそばの展望公園と、なんとかいう古い神社がこのへんの見どころみたいだったけど、この感じじゃあまり期待できそうになかった。時計を見ると二時ちょっと過ぎで、約束の時間まであと四時間もない。

「今集まったのが四人分だろ？　残り六人てことはええと――」

柊がすばやく計算する。

「移動時間も考えたら、三十分にひとりくらいのペースで書いてもらわないと」

「げえっ、まじ？」

「だいじょうぶ。ぼく、がんばるよ。この約束だけは、どうしても守らなくちゃいけないんだ」

風知がめずらしくきりっとした顔でこぶしを固め、きっぱりと言いきった。

「そうそう。その調子」柊も笑顔でうなずく。

「じゃあ、出発ー！」

風知が先頭に立って勢いよく歩きだしたときだった。

キキーッ。

「うわっ」

鋭いブレーキ音のあと、ガツッと鈍い音がした。風知が地面に手をついて倒れこむ。

「風知！」「風知、だいじょうぶ？」

おれたちが駆けよると、すぐそばで声がした。

「あっぶねーな、なんだよそれ！」

一台の自転車が、斜めにかしいで立っていた。前輪で風知のキャリーケースを引っかけたらしい。足を踏んばって立て直すと、すごい顔でにらみつけてきた。

「どこ見てんだよ！　狭い道でそんなの引っぱってんじゃねえよ」

おれたちと同じくらいのやつだった。坊主頭でよく日焼けしている。反射的ににらみ返した。

「――はあ？　そっちこそスピード出しすぎなんだよ。歩行者優先だろ、交通ルール知らねえのか」

「ああ？」向こうも負けじと返してくる。「そんなじゃまなもん、引っぱってるほうが悪いんだろ。おまえらこそマナーを知らねえのか」

ばちばちと火花が散りそうになったとき、後ろでじれたような声がした。

「ガッキー、なにやってんだよ。早く行かないと」

「そうだよ行っちゃうよ」

友だちらしいふたりが、自転車にまたがってじりじりしながら待っている。

「あっ、そっか」ガッキーと呼ばれたやつはハッとして身を起こすと、

「気をつけろバーカ！」

と言い残し、すごいスピードで自転車をこいでいってしまった。仲間のふたりもあとにつづく。

「ごめんなさいだろバーカ！」

叫びかえしたけど、さっさと角を曲がっていってしまった。

「なんだあいつら」

「中学生かな？　天馬と同じくらい大きかったねえ」風知がひざをはたきながら言う。

「ちょっと雰囲気も似てたし」

「おれはあんなガラ悪くないぞ」

柊がくすくすと笑って言った。

「だれも怪我がなくてよかった。とりあえず、海のほうに行ってみようか」

おれたちは気を取りなおして海岸へ向かって歩きだした。

広い展望台から海が見わたせた。風にのって潮の香りがする。

遠くに浮かぶ小さな島々が白く霞んで見えた。岬の根もとあたりには漁船が何艘も泊まっている。

「わあ、きれいだねえ」「ほんと」

階段を降りるとそこはもう砂浜だった。波打ち際に打ちよせられた海藻が砂の上に点々とつづいている。そして、見わたすかぎり——

「人がいないな」

「うん」

「だね」

せっかく来たけど無駄足だったようだ。

海風は気持ちいいし、できればこのまま遊んでいきたい。

でも今はそんなことしている時間はないのだった。おれたちは未練がましく波に向かって石を投げ、それから海をバックに記念写真だけ撮って、海岸をあとにした。

「あっ、あそこ、お店がある！」

海を見ながらコンクリートの壁沿いに歩いていると、風知が小さな商店を見つけた。干物を売るところらしい。店先には網に並べられた魚の開きが何枚も日に干されている。前掛けをして頭にタオルを巻いた男の人が新しい網を持って店のなかから現れた。

「──ぼく、行ってくる」

風知が決然として歩きだした。足どりは勇ましいけど、ガラガラいうキャリーケースの音がちょっとまぬけだ。

「あのっ、すみません！」

近づきながら網を持った人に声をかけると、いきなりだれかの大きな声がした。

「──あーっ！　ちょっとちょっときみ！　待ってくれ、困るよお！」

声のしたほうを見ると、黒いジャンパーを着た男の人がこっちに駆けよってくるところだった。後ろには肩に大きなカメラをかついだ人と、変な形の長い棒みたいなのを持っている人がいる。

あれ？　なんかこういうの見たことある。これってもしかして──

「きみたち悪いけどさ、この場所、今からちょっと使うんだよね。ほら、見てこれ。わかるでしょ？　撮影、ね？」後ろのスタッフを手で示す。

「すみませーん、ご主人、もいっかいお願いできますか？」

店のおじさんが苦笑いしながら網を抱えてふたたびおくに引っこむ。

「ねっ、だからきみたち、ちょっとべつのところで――」

「あっ、見て見て！　柊、天馬、あれあれ、あの人！」風知が興奮したようにおれたちを引っぱった。「テレビでほら、あの人たち！　お笑いの！」

「ん？　――ああっ！」おれも大声をあげる。

「チキンタイタンだ！」

ものかげに、ふたり組の男がひょろりと立っていた。ひとりは背が高くててサングラスをかけ、もうひとりは小さくて髭を生やしている。

最近テレビでよく見る、若手お笑いコンビ「チキンタイタン」だった。「ども」おれたちを見て軽く手を上げる。画面のなかでしか見たことない人たちが、すぐ目の前に立っていた。

すげえすげえ。ほんとに本物の芸能人だ。

興奮して見ていると、スタッフの人がてきぱきと指示を出しはじめた。

「すみません、じゃあおふたりもう一回、あっちの角からお願いできますか。はい、きみたちもできるだけあっちに、ほらもっともっと、はいそうOK、そのへんでよろしく！」

なかば強引に追いたてられて店の前からどかされる。

「あっきみ、そのガラガラいうの音入っちゃうから、手で抱えてくれる？」

あれこれ注文をつけられて、追いはらわれようとしたときだった。

「ねえスガさん、その子たち入ってもらっちゃったら？　いっしょに」

驚いてふり返ると、チキンタイタンのサングラスのほうが、ちょいちょいと手まねきしていた。おそるおそる近づいていく。

「地元の子？」

「あ、いえっ、そうじゃないんですけど……」

「ふうん。まあいいや、交ざっちゃいなよ。な、図師？」

髭の相方にうなずきかける。

そうだった、髭が「図師」さんで、サングラスが「モッチ」さんというのだった。

図師さんは「ん」とだけ答える。

さっきの黒ジャンパーの人が困ったように頭をかいた。

「えーっ、そうですかあ……うーん。はい、わかりました。じゃあその方向で。きみたち、とりあえずその荷物はどっか置いてきてくれるかな。これ旅番組だから、きみらは『地元の子』ってシチュで、いいね？」

さっさと切り替え、指示を出してくる。「はあい」風知がにこにこ返事をした。

「え？　まじで？」

「そうみたいだね」

おいおいちょっと待て。なに柊まで納得してんだよ。なんだか知らないまにどんどん巻きこまれていく。

合図とともに撮影が再開した。チキンタイタンのふたりがぶらぶらとやってくる。

「……いやあー、のんびりしていい雰囲気ですねえ。あっ、潮の香りがする」

「フナムシいそうやね」

周りを囲んだカメラやマイクの人たちが、ふたりの動きに合わせてぞろぞろと移動する。

「あっ。なんだろ、あれ。干物？　いっぱい干してある」

店からおじさんが現れた。

「すいませーん、これなんの魚ですかあ」

おじさんがふたりに説明を始めた。その場で食べてみようという話になって店先で干物を焼きはじめる。「……すごいねえ、こうやって撮るんだね」風知がひそひそと話しかけ、スタッフの人に「シッ」と注意される。

「――はいっ、じゃあ行って」そこでいきなり背中を押された。

「おっ、なんだなんだ、このへんの子？」

「はい」風知が元気よく答える。うそつけ、おれたちここに来てまだ一時間もたってないぞ。

店のおじさんの焼いてくれたアジの干物を、カメラの前でチキンタイタンのふたりと食べることになった。とても本当とは思えなくて、頭がうまく現実についていかない。風知と柊は自然な感じでにこにことしゃべっていたけど、おれはぼうっとしてばかみたいにつっ立っているだけだった。

やがてこうばしい香りがして、小さく切ったアジの干物を渡される。緊張しながら口に入れた。外はパリッとして、かむとじゅっと脂がしみだす。

「うわっ、うまっ！」

思わず声に出して言うと、「きみ地元の子やろ？」モッチさんがにやにやしながら言い、図師さんが下を向いて「むふっ」と笑った。

撮影が終わると、スタッフの人たちはすぐに移動の準備を始めた。

「どうも、お世話になりましたあ。オンエアは再来週の予定でーす」

周りの人にそう告げると撮影隊はあっというまに店をあとにする。

「あのっ」風知がアルバムを抱えて走っていく。「すみません、あの」

「あー、ごめんごめん。予定が押してるんだ、ごめんね、サインはまたべつの機会に」

スタッフの人が手を広げてさえぎる。少し先に車が停めてあり、チキンタイタンのふたりもそれに乗りこんでいく。「ありがとねー」モッチさんが言い、図師さんはだまって手を振った。

おれたちはそれ以上近づくこともできず、みんなが乗りこむのをながめるしかなかった。

「はい、ええこれからもどります」黒ジャンパーの人が忙しく携帯でしゃべっている。

「えっ、渋滞？　どこで？」

そのとき、すーっと後部座席の窓が開いて、なかから髭の顔が現れた。図師さんがちょいちょいと手まねきしている。「貸して」手を出して風知のアルバムを受けとると、さらさらとなにかを書いてよこした。それと同時に黒ジャンパーの人がもどってきて車に乗りこんだ。「じゃ」ふたたび窓が閉まり、撮影隊を乗せた車はあっというまに走り去っていった。

おれたちは車が見えなくなるのをぼうっとながめていた。

「……かっこいい」

風知がぽつりと言う。

「すげえじゃん風知！」

「見せて、なに書いてくれたの、サイン？」

のぞきこんだ柊が、一瞬の間を置いて、なんともいえない顔をした。

「なんだよ」横からのぞくと、カクカクとくせのある字が目に飛びこんでくる。

「えっと、フ？　フナ……」

〈フナムシのズシ〉

書いてあったのはそれだけだった。

三人で顔を見あわせる。

「これ、サインかな?」「さあ」

「どういう意味だろ」「さあ」

「まさか、ギャグとか……?」「さあ……?」

なんど読んでも、まったく意味がわからない。おれは首をひねった。

「サインとか超うらやましいと思ったけどさ、なんかこれは思ってたのとちょっとちがわないか?」

それでも風知はすっかり感激したらしい。

「天才なんだよ、きっと」頰を染め、嬉しそうにながめている。

「あっ、でもこれ、お父さんは寄せ書きって認めてくれるかな。写真もないし」

「ただの落書きみたいだもんな。芸能人が書いたって信じてもらえないかも。なんたって『フナムシのズシ』だし」

「だいじょうぶだよ。だってさっき、テレビで放送するって言ってたよね? 観てもらえばいいよ、写真よりぜんぜんいいよ」

「あっ、そっかあ」風知がほっとしたように笑う。

「ん？　てことはさ、おれたち、テレビデビューってこと？」

わいわい言ってると、後ろでキキッ、と鋭いブレーキ音がした。

「えーっ、行っちゃった？　もう？」悲鳴のような声がする。

「ほんとにここでロケやったの？　まじで？　なんだよ、ずっと探して回ってたのに！」

あれ？　この声どこかで——もしやと思ってふり返る。

「あっ」

やっぱり。

自転車に乗った坊主頭。さっき風知にぶつかったやつ。

三人そろって店の前でおじさんとしゃべっている。

「えっ、なに、だれが——？」さっきの坊主頭——ガッキーと呼ばれていた——が、おじさんの指さすほうを見た。おれたちとばちっと目が合う。

「はあ——？　ふっざけんなよ！」

ガシャンと自転車を投げだし、頭から湯気を出しそうな勢いでこっちへ向かってきた。

「なんでおまえらなんだよ！　おれがこんだけ走りまわって会えなくて、なんでひょろひょろ歩いてるおまえらが会えんだよ！　どういうことだよ、しかもロケにまで参加して！」

　つばの飛びそうな勢いでまくしたてられた。思わずのけぞる。

「し、知らねえよ。歩いてたらそこにいて、それでいっしょに入れって言われたんだよ」

「『地元の子』設定って言われて、あせったよねえ」

　風知が照れながら言い、ガッキーの怒りの炎にさらに油を注いだ。

「なにい、おまえらやっぱりよそもんか！　どこ小だ！」

「……ガッキー、中学だよ」「そうだよ、おれら卒業したじゃん」

　連れのふたりがこそこそと教え、ガッキーは顔を赤くした。「ど、どこ中だ！」

「なんだ。同い歳かよ」

「ぼくたちみんな同級生だね」

　ガッキーは目をむいて口をぱくぱくさせた。

「な、なに？　はあー？」

「ねえねえ、ほんとに会ったの？　チキンタイタン」

連れの片方がこっそり尋ねてくる。丸っこくて人の好さそうな顔をしていた。

「うん！　こんな近くで見たよ」

「すげえ。おれも写真撮ったよ。遠くから車だけだけど」

もうひとりも加わってくる。こっちは眼鏡をかけている。

「おい！　トモ、クボっち！　うちとけてんじゃねえよ！」

ガッキーが吼えるのに、柊がすいと近寄った。

「へえ、ガッキー同じ歳だったんだね。びっくりした、あんまり大人っぽいから中学生だと思っちゃったよ」

顔をのぞきこみ、にっこりと得意の笑顔を見せる。

おれはそっと目をそらした。

出た。柊のそよ風のほほえみ。誓って言うけど今ぜったいミント成分出てる。

「う、ぐ……？」

案の定、ガッキーは毒気を抜かれたようにそれ以上なにも言えなくなった。「ガッキー」と呼ばれたことにも気づいていない。柊だけはぜったい敵に回したくない、と心から思う。

「く、くそ。おまえらマジ目ざわりだ。うろうろしてないでさっさと帰れ、いいな！」

踵を返しながらそばにあった風知のキャリーケースを腹いせのように蹴とばしていく。

「あっ」「てめ、この」

ガッキーは自転車にまたがると、ふたりの仲間をつれてあっというまに行ってしまった。

「うるせー、ばーか！」後ろからどなったけど届かなかった。

「どうする？　これから」キャリーケースを起こしながら風知が聞いてくる。「もうつぎの駅行く？」

「まさか」やつらの行ったほうをにらみすえる。

「あいつの言うことなんか意地でも聞くもんか。あそこの神社行ってみようぜ」

岬の小高くなった場所に、鳥居と神社の石段が見える。しょぼいこの場所のもうひとつの観光スポット。

「言うと思った」柊がくすくす笑い、それから急に真顔になった。「ただ、人がいるかどうかわからないけどね」

「う……」

今最優先なのは風知の課題である。よって、見込みがなさそうな場合はすみやかに撤収すること。

以上のことを固く約束させられて、おれたちは神社に向かって歩きだした。

# 第5章　神社

古鐘神社は、岬の先端にあった。こんもりとした小山全体が神域になっているらしく、社はその上の高い場所にある。

「へえ、こっちはけっこう人いるじゃん」

ちょうど「春の大祭」の期間中で、花見の人たちとともに神社は思ったよりにぎわっていた。参道沿いには出店も並び、さっきのロケ隊も、もしかしたらここに取材に来ていたのかもしれない。海辺で暖かいのか、桜も五分咲きくらいだ。ゆるい上り坂の参道を進むと、やがて大きな鳥居が現れた。その先は延々と石段がつづいている。

「すごい階段だな」

下から見あげるとかなり急だった。

「『坊主転がしの石段』て言うんだってさ。ほら、ここに書いてある」

柊が看板を見ながら言う。

「ひでえネーミングだな。……ん？　だったらお坊さんに頼めるんじゃないか、なあ風知、お坊さんならアルバム書いてくれそうじゃねえ？」

「でも天馬、ここ神社だよ。お坊さんがいるのはお寺でしょ？」

「えっ、そうだっけ」

柊がぷーっとふきだした。

「でも、いいアイデアだと思うよ。じ、神社の人ならお願いすれば書いてくれるんじゃないかな」

肩をふるわせて笑っている。なんだよ、神社も寺もそう変わんねえだろ。

「ほら、時間ないんだから、さっさと行くぞ」

先に立ってどしどし石段を上りはじめると、ふたりもすぐにあとにつづいた。


「……はあ、さすがにきついね」

まんなかあたりまで来たところで柊が言った。少し息が上がっている。

「そうかあ？　まだ半分だろ」

「そうだけどさ、ここの階段、急で」

「情けないなあ、これくらいで。おまえだってリレー選手だったじゃないか、いちおう」

柊が弱音を吐くのはめずらしいので、ついにやにやしてしまう。

「ひょっとして、まだ根に持ってる？　それ」

「忘れるかよ」

「でもおかげで早くなじめたじゃない、クラスに。ていうか学年に」

息を切らしながらもにこっと笑ってみせる。おれはむっとして顔をそむけた。

そうなのだ。

去年の九月、クラス委員のこいつは、こともあろうに転校早々のおれを運動会のリレー選手に入れてしまったのだ。メンバーは夏休み前にすでに決まっていたのだけど、ちょうど怪我で欠員が出たのだった。

「だからっていきなりアンカーにぶっこむことないだろ。いたいけな転校生だぞ。わかるかよ、あのときのプレッシャーが。おれが足遅かったらどうするつもりだったんだよ」

「それは、そのほうが燃えるタイプかなって思ったからさ。当たってただろう？　おかげでうちのクラス一位だったし」

にっこりと返され、ぐっと詰まる。

たしかに足には自信があった。一年生のときからずっとリレーの選手だったのが、転校のせいで初めてメンバーからはずれることになった。くやしかった。練習のときめちゃくちゃいらいらしながら見てたのを、柊はきっと気づいてたんだろう。

おかげでおれはどうにかあの学校で最初の居場所を手に入れることができた。でかくて足の速い転校生。それがおれだ。

でもそれすらなかったら、単に「怖いヤツ」のまま孤立してたかもしれない。

「……うわっ」考えごとをしていたら爪先がずるっとすべった。「あっぶね」

「気をつけて、この石段古いから」

「うるさいな、わかってるよ」

「あれ、そういえば風知は？」

後ろを見ると、風知はずっと下のほうでひざに手をついて動けなくなっていた。「おーい、急げ、時間なくなるぞ」呼びかけても動きだそうとしない。

「……しょうがないなあ」とんとんと下りていき、ひょいと風知のキャリーケースを抱えた。「ほら、がんばれって」顔をのぞきこむと、額に汗で前髪を貼りつかせ、はあはあと息を切らしている。おれはため息をついた。たぶん、ふだんあまり外に出ないんだろう。学校を休んでばかりだったこいつは、そういえば運動会にも出ていなかった。

「おまえ、ゴムは？　さっきの」

「……えっ？」

「結んどけよ、その髪。暑いだろ」

風知が前髪をしばるのを待って、空いたほうの手でその腕を引っぱった。柊も下りてきて反対の手をつかむ。

「ほら。お父さんとの約束、ちゃんと守るんだろ」

三人で石段を上った。

神社の人はなかなかつかまらなかった。

最初はお守りを売っている巫女さんのところに行ってみたけど、「お勤め中なので……」とやんわり断られてしまった。「あちらで初穂料をお納めいただければ、御朱印をさしあげますが」と言うのでよく聞いてみたら、要するにお金を払えばお参りした証明のようなものを書いてくれるというのだった。でも、それはちょっとちがう気がする。

「あっ、あの人は？」

白い着物に水色の袴姿の人を見つけた。荷物を抱えて急ぎ足で歩いている。おれたちが声をかけるまもなく、その人はせかせかと塀の向こうに消えてしまった。

「……行っちゃった」

つぎを探しにさらに境内のおくに向かって進む。ようやくもうひとり袴をはいた人を見つけた。

「あの、すみません！」

走っていってつかまえる。けれどこの人も用事があるみたいで、しきりと時間を気にしていた。「ごめんね、申し訳ないけど」結局、忙しいからという理由で断られてしまった。風知がとぼとぼともどってくる。

「今日はお祭りだし、御祈禱も多いのかなあ」柊がつぶやく。

「ゴキトウ？」「ほら、お祓いみたいな。白い紙のやつを、バサーッ、バサーッって」「ああ、あれ」しゃべりながら歩いていると、人がたくさん花見をしている場所に出た。

広場のような所に何組ものグループが敷物を広げて座っている。お酒を飲んでいるのか、ときどき、わっと大きな笑い声がする。

「どうする？　行く？」

「でも、しいちゃんのお母さんと約束したし……」

だれかれかまわず声をかけないこと。そりゃ、できればそうしたいけど——。

そのとき、カラーンと甲高い音がした。飛んできた空き缶が近くのゴミ箱にぶつかったらしい。はずみでガラガラとほかの缶までくずれ落ちてきた。ゴミ箱はすでにいっぱいだ。

「はずれー」若い男のグループがげらげら笑いながら通りすぎる。なんだあいつら。ムッとしてにらみつけていると、いつのまにか柊と風知がせっせと落ちた缶を拾っていた。

「おい、ほっとけって、そんなの」

「だってこれじゃ」

「待ってて、すぐ終わるから」

おれはため息をつき、しぶしぶいっしょに拾いはじめた。

「時間ないって言ってんのにさあ——」

「こらあっ！」

いきなりどなられびくりとする。知らないおじさんが、顔を真っ赤にして立っていた。

「自分で落とした缶は自分で拾わんか！」

どなられているのはおれたちじゃなかったらしい。さっきの男たちは驚いたように逃げていった。ごま塩頭によれよれの作業ズボンをはいたそのおじさんは、ぶつぶつ言いながらでっかいビニール袋に缶を集めはじめた。じろりとおれたちを見る。

「おい」

「は、はい」

風知がさっとおれの後ろにかくれる。おじさんからはぷんとお酒のにおいがした。

「ほら、これ」ズボンのポケットからなにか取りだしてきた。五百円玉だ。

「これでジュースでも飲め」

「い、いいです、そんな」

「そう言うな。取れ」

「でも」

「いいから。もらっとけ。あんたらえらかったから。えらかった子は、ちゃんといいことがある。そうじゃないといかん。そういう世の中じゃないとおれは好かん」

おじさんはむりやりおれの手にお金をにぎらせると、大きな袋をガラガラいわせながら行ってしまった。

自動販売機のボタンを押すとガコン、とペットボトルが下りてきた。それぞれ飲み物を手に涼しそうな木陰に腰を下ろす。

「なんか、得したね」

「うん。最初怖かったけどね」

「あのさ――ぼく、ひょっとしてあの人にアルバム頼んでみたほうがよかったのかな」

「さあ、どうだろう。でも公園のおじさんだって、最初は変な人には見えなかったし」

「そうだよね……よくわかんない。むずかしいね、なんか」

「うん」

ふたりがぼそぼそ話しているあいだ、おれはごくごくとコーラを飲んでいた。半分ほど一気飲みしてプハッと息を吐く。

「あっ。ねえ、これ？　リレーのときのって」

いつのまにか風知がアルバムを開いて写真を見ていた。

「ほんとだ、天馬、一位でゴールしてる」

思わず顔をしかめた。

「おい、見るなって」

「なんで？　すごいじゃない」

「やめろ。やなんだよそれ」じろりとにらむと、風知はふしぎそうに首をかしげた。

「そうかなあ。かっこいいのに」

「天馬なら、前の学校のアルバムにはもっとたくさん写ってるよね、きっと」

柊がそう言って笑いかける。

おれは無言でコーラを飲みほすと、ベキッと音をたててペットボトルをつぶした。

「ねえよ」

「え？」

「ない。向こうの学校のは。——その」風知の持っているのを指さす。「スッカスカのやつだけだよ。持ってるのは」

——え、アルバムもらえないんですか？

電話口でそう言ったときの母さんの顔は忘れられない。

——あの、もちろんお金は——でも、五年半通ったんですよ？　——ええ、でも……

卒業時に在籍してなければ購入できない。その一点張りだった。

「入学式も、遠足も、運動会もマラソン大会もぜんぶやったのにさ、おれはもういないことになってるんだ、あっちでは」

「そんな」柊も風知も、あっけにとられたような顔をしている。

「あんまりだよ、そんなの」

「そりゃ、ところどころは写ってると思うよ。でもクラス写真にも名簿にも、おれは載ってない。顔も名前も。なんだよそれ。座敷わらしかっての」

しかもこっちに来てみれば、修学旅行そのものもなくなってるし。

パッ！

おれの小学校生活、クリア目前でデータ消されたみたいだ。こんなのありかよ。ふざけんな。

「まじでクソだろ、卒業アルバムとか。ほんと、おまえの気がしれないね」

吐き捨てるみたいに言うと、風知はしばらく考えこんでから言った。

「……うん、そうだね。ぼくが天馬だったら、やっぱり嫌だと思う。でもさ。でもぼくはね、自分のこのアルバム、そんなに嫌じゃないよ。写ってないけど、この写真のなかに自分がいたらなあって想像しながら見るの、好きなんだ。この芝生でお弁当食べてるのとかさ、そのときおかずになにが入ってるかなとか、いっしょにいる気持ちで見ると楽しいんだ。このリレーの写真だって、天馬がどんどんみんなを追いぬいて一番でゴールするの、ぼくは応援席ですごく喜んでるんだ。やったー、って」

　アルバムに目を落としたまま、嬉しそうにほほえんでいる。

「……ばーか。そんなの、自分もその場にいたほうがいいに決まってんじゃん」

「そうかなあ」

「そうさ」

　おれはパン、と音をたててひざをたたいた。勢いよく立ちあがる。

「――ほら、その荷物貸せ。さっさと行くぞ。あと五人分、集めるんだろ？」

「え？　あ、うん」

　柊もにっこり笑ってリュックを背負いなおす。

「そうだね。ほら行こう、風知」

　風知もうなずいてアルバムを抱えた。

　そのあとは片っぱしから声をかけてまわった。人も多いし、三人いれば怖くないだろうと、通る花見客をつぎつぎつかまえる。けれど、なかなか成果は出なかった。

「……はあ、やっぱりうまくいかないねえ」

風知は疲れたようにそばの木にもたれかかった。寄せ書きはあれからまだひとつも増えてない。それどころか、よそのおばさんに「あなたたち、どこの学校の子？」と眉をひそめられた。

「風知はよくやってるよ」柊がなぐさめた。「タイミングが悪かっただけだよ」

「そうかなあ」

「そうだよ」

風知の額の上で、結んだ侍ヘアが力なくゆれている。

なんか、それを見ていたら、だんだん腹が立ってきた。風知にじゃなくて、風知のお父さんにだ。

だってちょっと無茶なんじゃねえの、この課題。そりゃ、おれたちはもうすぐ中学生になるけど、それでも知らない大人に声をかけるのはけっこう勇気がいる。それを朝から何人にも試して、そのたびそっけない態度をとられたり、断られたり。おれは横に立ってただけだけど、それでもやっぱりしんどかった。

だって風知だぞ？　チビで、ふにゃふにゃして、体力だってなくて、学校だって休みがちで。だから心配だって気持ちもわかるけど、それでもやっぱり、これはハードだ。風知のお父さんはわかってるんだろうか、そういうの。そもそもこんな遠くまで来ることになったのも、自分の転勤のせいじゃないか。

そう考えてたらなおさらムカムカきた。だから、気づいたらつい、こう言っていた。

「――よし。おまえはしばらく休んでろ。おれが代わりに聞いてきてやる」

「えっ」柊が驚いたように顔を上げ、風知はあわててぶんぶんと首を振った。

「だ、だめだよ」

「なんで。いいから任せとけって」

アルバムに手をのばすと風知は胸に抱えこんだ。

「そうじゃなくて、だめなんだ。お父さん、ずるとかそういうのすごく嫌うから」

「だいじょうぶだって、そんなの言わなきゃわかんないだろ」

「だめだよ」

「いいって」

「だめだってば」

「なんだよ、せっかく手伝ってやるって言っててんのに。そんなにお父さんとの約束がだいじかよ」

風知は頬を赤くしてこくっとうなずいた。

「だって約束だもん。ぼくの課題なんだ、これは」

アルバムを抱きしめたまま、まっすぐにおれを見あげる。

「でも、ありがと。天馬」

「……なんだよそれ」

あきれてしまった。こいつがこんなに頑固だったなんて。

でも、なんかその顔がまぶしかった。

チビのくせに。頭のてっぺんが見下ろせるくらいチビのくせに、意志だけは強いのかよ。おれならもっとテキトーにやってる。風知のお父さんは、ほんとにそういうのちゃんと、わかってるんだろうか。おれはがしがしと頭をかいた。

「あーっ、もう！　まじムカつく」

「天馬」柊が眉をひそめる。

「ちげえよ。おれがムカついてんのはこいつじゃなくて、おと――大人のほう。なにかっていえば離婚とか転勤とかさ、かってばっかりして、振りまわされんのはいつもこっちじゃん。サイテーだな、ほんと」

柊はほっとしたように笑みを見せた。

「うん。ほんと。それはそう思う。でも、ぼくは早くなりたいけどな、大人」

「はあ？　なんで？」

「だって自分で決められるもの。楽じゃないからさ、子どもでいるのって」

「……ふーん」

柊はもうじゅうぶん大人だと思ったけど、くやしいから口には出さなかった。

「ぼくは、自信ないな。ちゃんと大人になって、お父さんみたくちゃんとお勤めして、あんなふうにやってけるのかなあって……」

風知がしょんぼりと肩を落とす。おれはパンとその背中をたたいてやった。

「だいじょうぶだって。そのときになればなんとかなるさ」

「そうかなあ」

「そうだって」

柊がくすくす笑って言った。

「やっぱ強いよ。天馬は」

「なんだよそれ」

「いいんだよわかんなくて」

「……なんかおまえに言われると、ぜんぜんほめられてる気がしない」

ぶつぶつ言ってると、柊がおもしろそうな顔で尋(たず)ねてきた。

「ねえ、転校するって言われたとき、天馬はどうした？　怒(おこ)った？」

「はあー？　ばっかじゃねえの、怒るに決まってんじゃん！　生まれてから十二年も住んでたんだぞ、超(ちょう)怒ったさ、あたりまえだろ！」

柊はにっこりとほほえんだ。

「だから、そういうところがさ」

「なにが」

「天馬の強さの理由」

「……ほんとおまえ、意味わかんねえ」

ふいと目をそらした。顔が赤くなりそうだった。

べつに照(て)れくさかったからじゃない。恥(は)ずかしかったからだ。

柊は知らない。

転校が決まったとき、おれがどれだけみっともなかったか。どれだけ大騒ぎして周りを困らせたか。怒っただけじゃない。それこそあのしいちゃんみたいに、ぎゃあぎゃあ泣いてわめいて、大暴れしたこととかも。

強くなんかない。おれは、ぜんぜん。ごまかすみたいにごしごしと顔をこすった。

「――あっ、きみたち」

ふいにだれかの呼ぶ声がした。

向こうから袴をはいた男の人が、ざくざくと砂利を踏みながら近づいてくる。さっき急いで行ってしまった神社の人だった。

「よかった、まだいてくれて」ほっとしたように笑みを見せる。

「さっきは申し訳ないことをしたね。ちょっとでも遅れたらしかられ――あ、いや、本当に急いでいたものだから」恥ずかしそうに頭をかく。頬にぽつんとにきびがあって、よく見るとまだかなり若そうだ。

「ずっと気になってたんだ、きみたちのこと。どうかな、もし今からでよかったら――」

おれたちはぱっと顔を見あわせた。

「やったな」どんと風知の肩を突く。風知はよろめきながら、それでも嬉しそうにアルバムをさし出した。

「どうもありがとうございました！」

アルバムを書いてもらってから、おれたちはあらためて社殿に向かった。すっかり後回しになってしまったけど、ちゃんとお参りをするためだ。さっきの袴の人——禰宜さんというそうだ——に言われるまで忘れていた。

パンパン、と手を打ってから、なにを願うのか考えてなかったことに気づき、とりあえず中学でうまくやれますように、と頼んでおいた。それから思いついて、風知の課題が終わりますように、とつけ加えた。

そのあとみんなでおみくじを引いた。中吉だった。

「ぼくは吉だ」柊が自分のを見せてくる。

「吉と中吉ってどっちがいいんだっけ」「さあ？」

風知がやけに静かだった。じっと自分のおみくじに目を落としている。「どうした？」とのぞきこんでぎょっとした。

「おい、それまさか――」

うっすら涙を浮かべた目で見あげてくる。

「……凶だった……」

「だっ、だいじょうぶだよ風知、ただのくじだもの」

「そうそう、気にすることないって。迷信だよ、迷信」

「じゃあ替えてくれる？」

柊とおれはその「凶」の文字を見て、それからそっと目をそらした。

結局、みんなで神社の木の枝に結んでいくことにした。細く折りたたんでしっかりと結わえつける。

「ほんとにだいじょうぶかなあ」

帰り道、風知がなんども心配そうにふり返る。

「だいじょうぶだって。おれらの吉と中吉もいっしょに置いてきたからさ、これでプラマイゼロになるって」

「そうかなあ」

「そうさ」たぶん。

「ほら行くぞ」おれは風知の手からキャリーケースをもぎ取ると、さっきの長い石段を勢いよく駆けおりていった。

これから駅にもどって電車に乗り、つぎの駅へ移動する。

そこで風知のお父さんとの約束の時間まで、ぎりぎりねばってなんとか課題を終わらせるつもりだった。

電車が来るまであと十分ちょっと。おれたちはホームに立って待つことにする。

「そういえばさっきの人、ネギさん？　なんて書いてくれたんだ？」

わざわざ社務所まで持っていって、墨と筆で書いてくれた。あんまり字が上手すぎて、なんて書いてあるのか読めなかった。

「ええとね——」風知が自分のキャリーケースをさぐる。「……あれ？」

いつもアルバムをしまってあった場所に、手をつっこんで固まっている。

「——ない」

すぐにはっとして顔を上げた。

「さっきの、おみくじ結んだとこ！　あそこに置いてきちゃったかも」

「ええっ？　なんでそんなところに」

「ずっとこうやって開いたまま手に持ってたんだ。墨が乾いてなくて。それでおみくじ引くとき横に置いて、でもすぐまた持って、それから、つぎに結ぶときにたぶん――」

「置いてきちゃったんだね。どこに？」

「木の横にあった、石の塔みたいなやつ――の下、だと思う」

「もどろう」柊がぱっと踵を返す。「すぐに行けばまだあるはずだ」

おれたちはあわててホームをあとにした。


今来たばかりの石段をふたたび駆けのぼる。こんどはさすがに息が上がった。

遅れてくる柊と風知を置いて、おれはまっさきにおみくじを結びつけた場所にたどりついた。きょろきょろとあたりを見まわす。

「――あれか」

木のそばに大きな石灯籠があった。ぐるりと回ってみる。灯籠の上と、下と、それから近くの地面やなにかもぜんぶ見てまわる。

「ない……」

そこへようやく柊と風知が追いついてきた。

「て、天馬、どう？」「あった？　ぼくの、アルバム」

おれは首を振った。

「ほんとにここか？」

「ここだよ、ここに置いたんだ。こう開いて、立てかけるみたいに」

石灯籠の台座を指さす。そのへんを見てまわっていた柊がもどってきた。

「もっと向こうのほうまで探してみよう。それでなかったら、社務所に行ってみよう。だれか届けてくれてるかもしれない」

おれたちは、鳥居や狛犬や、手を洗うところまで見てまわったけど、結局どこにも見つけられなかった。社務所を訪ねてみると、

「そういうのは今のところないねえ――」

拾得物のリストには載ってないみたいだった。さっき寄せ書きをしてくれた禰宜さんも出てきて、「もしあったらすぐに知らせるから」と約束してくれた。連絡用に風知の携帯番号を置いてくる。

「どうしよう……」

風知が青い顔でうつむく。

「だけどさ、あんなのだれが持っていくんだよ。財布とかじゃあるまいし」おれは首をひねった。「よその学校の卒業アルバムなんて、持ってたって意味ないじゃん」

「そうだね」柊もうなずく。「さっきからまだそんなに時間たってないし、もしかしたら、あとで届けようと思って、まだ持ったままそのへんにいるのかも」

「そっか。そうだな。じゃあもう少し――」

そのとき、風知がおそるおそるといったようすで口を開いた。

「あっ、あのね。まさかなんだけど、さっきの、あのトイレのおじさんがついてきてたってこと、ないよね？　それで持ってっちゃったりとか、ないよね……？」

泣きそうな顔で言うので、背中がぞくりとした。

「――ま、まさか。だってあいつ、ソッコー逃げていったじゃん。おれらも後ろなんども見ながら来たし」そう言いながらもついきょろきょろしてしまう。「それに電車に乗ったときも見なかったぞ、なあ？」

「うん、ぼくも見なかった。でも、あのおじさんじゃなかったとしても、アルバムが知らない人の手に渡ってるのはあんまりよくないよ。だってあれには、ぼくらの名前や顔写真がぜんぶ載ってる」

みんなしんとする。風知がぽつりと言った。

「……やっぱり、ぼくの『凶』のせいかな」

「ばっ、ばーか、そんなわけないだろ。ほら、さっさと探しに行くぞ。あんがいすぐ近くに持ったやついるかもしれないし」

そろそろ花見を終えて帰る人が目立ちはじめた。おれたちは人の流れに逆らい、きょろきょろしながら歩いていく。荷物や手もとに目を配るけど、それらしいものを持っている人はいない。すでに陽が傾きはじめていた。

「今何時だ？」

柊が腕時計を見て言った。

「四時半」

風知がぎゅっとくちびるをかむ。

「……どうしよう、まだあと四人分も残ってるのに」

あんまりしょんぼりしてるので、背中を勢いよくたたいてやった。

「シケた顔すんなって。だいじょうぶ、いざとなったらおれと柊で偽造してやるよ」

「だからだめだってば！　それにすぐばれちゃうよ。写真だっているのに」

「あ、そっか。よし、じゃあ写真も偽造すればいい。画像加工してさ。あっ、そうだ柊、おまえ女装しろ」

柊は嫌そうに顔をしかめた。

「無茶言わないでよ」

「なんで？　あんがい似合うって。あっ、じゃあ王子でもいいぞ」

にやにやしながら言うと、柊はもっと嫌そうな顔をした。

「やだよ。それにその王子っていいかげんやめてよ。そんなにやりたきゃ天馬が――」

ごちゃごちゃ押しつけあっていると、いきなりどなり声がした。

「もうっ、もっとまじめにやってよっ！」

おれたちはぽかんと口を開けた。風知が赤い顔でこっちをにらんでいる。

うそだろ。どなった？　あの風知が？

「な、なにキレてんだよおまえ」

「だって、ふたりともふざけてばっかりで、ちっとも真剣にやってくれないじゃない」

「お、おまえがシケた顔してるから場をなごまそうとしてるんだろ。なにマジになってんだよ」

「だからもう時間がないんだよ。早く見つけて、ちゃんと課題を終わらせないと。ほんとに、ほんとに困るんだ」

今にも泣きそうな顔をしている。

「そ、そんなの、とりあえずアルバムだけ見つかればオッケーだろ。べつに課題終わらなかったからってどうにかなるわけじゃなし、大げさだよ。だって自分の親父さんだろ？ ここまでがんばったんだ。まにあいませんでした、ごめんなさいですむことじゃん」

「そんなかんたんなことじゃないよ。だって、約束だもん。約束は守らないと――」

「約束約束って、おまえこだわりすぎなんだよ。そりゃ、一年ぶりだからいいとこ見せたいってのはわかるけどさ」

「ちがう！ そういうんじゃ」「そうじゃねえかよ」「天馬！ 風知も――」

そのとき後ろからだれかがぽん、と肩に手を置いた。耳もとで男の声がささやく。

「――見いつけた」

ぞわっ、と全身の毛が逆立った。

# 第6章 石段

「うわあああっ！」

おれは悲鳴をあげて飛びのいた。

柊と風知も腰をぬかしたようになって地面に座りこんでいる。

「──なっ、なんだよおまえら」

相手も驚いたようすであとずさる。

あれ？　この声は──おそるおそる顔を上げると、見覚えのある坊主頭が引きつった顔でおれたちを見下ろしていた。

「へっ、へえ、なんだよ意外にビビリか？」

三人声をそろえて叫ぶ。

「──ガッキー！」

「ガッキーって呼んでんじゃねえよ！」

つばを飛ばして言いかえす。後ろにふたりの仲間も見えた。

「そ、そっちこそいきなり来てびっくりさせんなよ！　ヘンタイかと思っただろ！」

「だれがヘンタイだ！」

そのときガッキーの抱えているものに気がついた。「――あっ」まさか。

「アルバム！　それ！　おまえが持ってたのか、ガッキー！」

「よかった、探してたんだ」

「ありがとうガッキー！」

口々に言いながら駆けよると、ガッキーはあせったように後ろへ逃げた。

「な、なんだよ、おれが拾ったんだぞ」

取られないようにアルバムを高く掲げる。

「おい、ふざけんなよ、ちゃんと返せよ」

「へえ、これがおまえらのもんだって証拠はあるのかよ」

「あるさ。見てみろよ、おれら全員載ってるだろ。そこに」

ガッキーはパラパラとページをめくる。風知が横からのぞきこんで指さした。

「あっ、ほら、六年二組。ここだよ、これ、ぼく。小林風知」

「ふん」ガッキーは言ってさっと背中を向ける。もったいぶって、ゆっくりと確かめるように写真を見ていく。

「『大崎』、へえ、おまえ、『大崎天馬』っていうのか。それでこいつが、『高峰柊』、と」

なんかムッとした。

「おい、呼び捨てにすんなよ」

「そっちだって呼んでんじゃねーかよ」

と、風知が下からガッキーの袖を引っぱって言った。

「ありがとう、ガッキー。見つかってほんとによかった。これ、すごくたいせつなものなんだ」

「な、なんだよ。ほ、ほんとにこれ、おまえのか?」あわててその手を振りはらいながら、なぜか赤い顔をしている。

「うん。ずっと探してたんだ。ありがとう、拾ってくれて。だからお願い、もう返して」

じっと目を見て訴える。

「う……」

ガッキーはアルバムを手にしたまま立ちすくんでいた。仲間のふたりがやれやれという顔でそれを見ている。

あれ？　もしかして――おれはちらっと風知の頭に目をやった。前髪が赤いゴムで結ばれている。もしかしてガッキーのやつ、風知のこと女だと思ってるんじゃないか？

するとガッキーはしぶしぶという感じでアルバムを返してきた。

「ほら。こ、こんどは、ちゃんと持ってろよ」

「うん。ありがとう」

風知が嬉しそうに受けとると、ガッキーはぷいとそっぽを向いた。ぼそぼそとつぶやく。

「さ、さっきは、自転車ぶつけて、悪かったな……」

「いいよ、そんなの。こっちこそごめん」

おれはにやにやしながらそのようすをながめていた。ふうん。こいつ、もしかしたらそんなに悪いやつじゃないのかもしれない。

と、ガッキーがぎろりとおれをにらみつけてきた。

「おい、なに見てんだよ」

「べつになにも」

「見てたじゃねえかよへらへらと」

向きあって立つと、おれとガッキーはほとんど同じ背の高さだった。バチバチとにらみあう。

「なんか、このふたり似てるねえ」

「うん。ぼくもそう思った」

風知と柊がかってなことを言う。

「どこがだ！」「どこがだよ！」同時に言うと「ほらね」柊がくすくす笑った。

「そういえば名前も似てるよな」

「うん。ガッキー、中垣翔真、だもんな」

ガッキーの連れのふたりも言いだす。

「へえ。大崎天馬、中垣翔真――ほんとだ、似てるね」

「だろ？」

「おいそこ、うちとけてんじゃねえよ！」

またふたり同時に言ってしまった。ふん！　とたがいにそっぽを向く。

おれはそっと風知を呼びよせた。

「おい風知。ちょうどいい、アルバム書いてもらえよ、あの三人に」

言いながらちょっとにやにやしてしまう。風知は声をはずませた。

「そっか、そうだね！」

さっそく頼みに行くと、ガッキーは困った顔でしぶしぶペンとアルバムを受けとった。

「な、なんて書けばいいんだ？」

しばらく悩んでから、仲間のひとりにアルバムを押しつけた。

「やっぱトモ、おまえから書け」

トモと呼ばれたのは丸っこくて人の好さそうな顔のほうだ。

「ええっ、おれ？」あせってそれを押しかえす。「ムリムリ、やっぱガッキーだよ」

「じ、じゃあ、クボっち……」

「なんだよ、ガッキー。女子のだからって緊張してる？」

眼鏡を直しながらクボっちが口をとがらせる。

「ばばばか言え、べつにおれは女子のだからってそんな――」

「あのう」そこで風知が口をはさんだ。あっ、ばか。いいからそこはだまってろ。

「ぼく、女子じゃないよ。男だよ」

おれは頭を抱え、ガッキーは目をむいた。

「男？　おまえがあ？　じ、じゃあその頭のそれは」

風知は嬉しそうに結んだ前髪を手でさわる。

「これ？　いいでしょ、侍ヘアなんだよ」

ガッキーがあんぐりと口を開く。それからものすごい顔でおれをにらんできた。

「おまえ、最初から知ってて笑ってたな？」

「べつにおれはなにも」

「ふざけんな！」

「でもぼく、最初から『ぼく』って言ってたよ？」

「うるせえ、そういう女子かと思ったんだよ！」ぎゅっと風知の前髪をつかむ。

「痛い痛い痛い」

柊とクボっちが「まあまあまあ」とそれをなだめる。ガッキーは首から耳の先まで真っ赤になっていた。今にも湯気を噴きそうだ。

「くっそう、もうあったま来た！　ぜったいアルバムなんか書かねえからな！」

「ええっ、そんなあ」

「ついでに言うとべつにこれ、返さなくてもいいんだしな」

意地悪く言ってさっとアルバムを持ちあげてみせる。

「おい。書かなくていいから返せよ。だいじなもんだって言ってるだろ」

「はあ？　そんなの知るかよ。ぼくのせいじゃありませーん」

やばい。本気でムカッときた。

「……おい」うんとドスを利かせた声で言う。「返せって言ってるだろ」向こうも負けじと低い声で応える。「へえ。やだって言ったら？」

「力ずくで取りかえす」

「やってみろ」

向きあってバチバチとにらみあう。「天馬」柊がシャツのすそを引っぱってきた。腕時計を指さす。そうだった、おれたちにはもう時間がないんだった。

くそ。わかったよ。

「どうしたら返してくれる？」

ガッキーが意外そうに眉を上げた。

「力ずくじゃなかったのか？」

「時間がない」

「へえ……」じろじろとおれをながめまわし、にやっと笑った。

「ふん。じゃあこういうときってやっぱりあれじゃやねえ？　ド・ゲ・ザ」

「ち、ちょっとガッキー……」後ろでトモがシャツを引っぱる。

おれは一瞬考え、うなずいた。

「わかった。それで返してくれるんだな？」

さっさとひざをつこうとしたらガッキーがぎょっとした顔をした。クボっちが不安そうな表情であたりを見まわす。構わずかがもうとしたとき、後ろからぎゅっとシャツの首をつかまれた。

「ぐえっ」

「だめだよ、天馬」柊だった。首をひねってにらみつける。

「なんだよ、じゃますんなよ。いいよ、べつにおれはそんくらい」

だって風知のアルバムだぞ。このままじゃ今日一日のあいつの努力が。

「天馬」

じっと見られ、それ以上なにも言えなくなった。

「きみもだよ、ガッキー。かんたんに人にそんなことさせちゃいけない」

「うう、いや……」ガッキーももごもごと口ごもる。

「まちがえないでふたりとも。そんなの、どっちもぜんぜんカッコよくないよ」

さすが元クラス委員。ぴしりと言われて、おれたちはもじもじと下を向いた。

「じ、じゃあ、どうすれば」

「……ごめんなさい……」後ろでか細い声がした。風知だった。

「ご、ごめん天馬。ぼ、ぼくが、置き、置き忘れた、から。で、でも、もう、もうやめて……」

ほら泣かせた、と柊が冷たい目で見てくる。

「ばっ、ばーか。おれはただ、あいつにムカついただけで、だからつい勢いで――」

ガッキーもあせって顔を赤くする。

「こ、こっちこそ、おまえらの態度が気にくわないからで。お、おまえもなあ、六年にもなってびーびー泣いてんじゃねえよ。男だろ、見てるこっちが恥ずかしいよ」

「も、もう、そ、卒業、した、けど」

「うるせえ、細けえよ！」ぎゅっと風知の髪をつかむ。

「痛い痛い痛い」

「——ほらよ」そのままポンとアルバムを風知の頭に載せる。

「返す。めんどくせえ」

風知が涙でぬれた顔を上げた。鼻水が二本、線を引いている。

「あ、ありがとう、ガッキー！」

「うわ、やめろおまえ、鼻水つけんなって」

そこで柊が嬉しそうにパン、と手をたたいた。

「じゃあ、そういうことで、ガッキー、トモ、クボっち、これからみんなで寄せ書きやってくれるかな？」

極上の笑みでそう告げる。おれはあきれてその顔を見た。なんだよ、「そういうことで」って。

「はあ？　なにがそういうことで、だよ」すかさずガッキーも突っこみを入れる。

柊は悪びれもせずにこにこと笑って言った。「あ、やっぱり？」

「いいか、ちゃんとアルバムは返したからな。もうこれ以上おまえらとは——」

おれはひそかに警戒していた。柊があんな笑顔を見せるときは、ぜったいまだなにかある。すると思ったとおり、こんなことを言いだした。

「じゃあさ、勝負してみたらどうかな」

まぶしい笑顔で一同を見わたす。

誓って言う。そのときたしかにミントの風が吹いた、と思う。

「ほんとに、いいんだな？」

ガッキーが腕組みをして言う。

おれたちは神社のあの長い石段の前に立っていた。

「毎年秋に、ここでレースがあるのは知ってるか？『福取り競走』って言って、一番になったやつはその年の幸運を約束される。この石段を下から上まで駆けのぼって、社殿まで走りぬける」

「知らねえよ、初めて来たんだし」

上から見下ろすと、石段はとちゅうで一度踊り場をはさみ、はるか下までつづいている。

「ガッキーは去年、子どもの部の一位だったんだよね」

トモが言い、ガッキーは「まあな」と胸をそらせた。

「転ぶと、『坊主転がし』って言って、縁起が悪いって言うけどね」

クボっちが言い、ガッキーはごまかすように咳ばらいをした。

「時間がないって言うから、さっさとやろうぜ。ルールはさっき決めたとおりでいいな？」

「ああ」「いいよ」「うん」

ここから石段を駆けおりて踊り場でまたもどってくる。時間短縮のハーフコースだ。

「おれらが勝ったら、言うこと聞くんだよな？」

「おれらが勝ったら、ちゃんと寄せ書き書けよ」

最初、代表でおれが走るって言ったら、風知は自分が出ると言って聞かなかった。

「だって、これはぼくの課題だもの」

「それはそうだけど——だいじょうぶかよ」

さっきあんなによれよれだったくせに。

「じゃあ、リレーにしてもらおうよ」

柊の提案を受け、三人ずつのリレー形式で走ることになった。

「おれひとりならさっさと片づいたのに。時間ないのにさあ」

ぶつぶつ言っていると、柊がポンと肩をたたいてきた。

「急がば回れ、ってね。うまく行けば一気に三人分なんだから」

風知はもうスタートの位置についている。顔が緊張で少し赤い。

「風知、がんばれよ！」

相手はトモで、風知のほうがずっと小さく見える。

ドン、の合図で走りだした。

あいつにしてはがんばっている。トタトタと駆けおりて踊り場で折り返す。けれど、上りになったところでがくんとスピードが落ちた。

「ああ……」

足がもつれそうになっている。それはそうだ。今日はあちこち歩きまわって、そのうえこの石段も、すでになんども上り下りしているのだ。

トモもあまり走りは得意じゃないみたいで、はあはあと息をはずませている。残り三分の一まで来たところで、遅れぎみだった風知がようやく追いついた。

「行けっ、風知！」

石段の上で待ちかまえていた柊が手をのばしてタッチする。すぐに交代で勢いよく駆けおりていった。二番手のクボっちもあとを追う。風知はよろよろとわきへ寄り、ぺったりと石畳に座りこんだ。

「し……柊は……？」

柊たちはけっこういい勝負で、微妙な位置を保ったまま折り返し地点に届こうとしている。そこでターンしようとした柊がぐらりとバランスをくずした。

「あっ」

すぐに体勢を立て直して走りだしたけど、わずかに出遅れてしまう。上から叫んだ。

「柊ー！　おまえ、それでもリレ選か、根性見せろこのへなちょこ王子ー！」

「なんだ、王子って？」

ガッキーがふしぎそうに聞いてくる。

「べつに」

「まあ、おまえらあいてじゃハーフコースでじゅうぶんだけどな」

「ばか言え。こんなんじゃ物足りないね」

「へえ。じゃあ、おれらはいちばん下まで行くか？」

「いいさ。アンカーはいつだって距離が長いんだ」

またばちばちとにらみあう。と、風知がつんつんと服を引っぱってきた。

「天馬ったら、ぼくたち時間が」「あっ」

そこへ柊たちがもどってきた。身を乗りだし腕をのばす。

「柊、来い！」

「——天馬！」

バチン、と手を合わせる。おれははじかれたように飛びだした。ガッキーも同時にスタートする。石段を駆けおりながらじんじんする手のひらを振った。

くそ。柊め。力いっぱいやりやがったな。きっと「王子」発言が気に入らなかったんだろう。

あっというまに踊り場にたどりつき、さらに下まで下りていく。ガッキーはどんどん下っていき、おれは必死にそれについていった。はあはあと息が上がる。足が重い。ほとんど同時に下に着き、ぱっと身をひるがえす。つぎは上りだ、と見あげたとき、ふっと目の前が暗くなった。ぐらりと地面がゆれる。

瞬間、まったくべつの景色が浮かぶ。

どこかでセミが鳴いていた。

おれは校門の前に立って、初めて見る校舎をにらみつけていた。

足が動かなかった。ひとりだけリセットされて、放りだされた気分だった。

どうしても動きだせない。足が重い。靴が石に変わったみたいに——


タン！　という足音でハッとした。ガッキーが石段に足をかけどんどん上っていく。

「天馬がんばれー！」

頭上で声がした。柊と風知だ。おれもあわててあとを追った。

ぐんぐんあいだをあけられていく。くそ。これが一度目ならもっといけるのに。

「天馬ー！」「天馬がんばれ！」「ガッキー！」「行けえ！」

ようやく踊り場にたどりついた。あと半分。脇腹が痛い。やっぱりさっき距離のばすんじゃなかった。ガッキーはおれの五段ほど上にいる。届くだろうか。

と、前を行くガッキーがずるりと足をすべらせた。

「あっ」

とっさに手を出した。「——っと！」ぎりぎりのところで腕をつかむ。ガッキーはぎろりとおれをにらんでまたすぐに走りだした。必死で追う。

すぐそこに風知たちの声が聞こえる。

もうあと少し。あと五段。二段。

「着いた——！」

ほとんど同時だったと思う。でも、ほんの一瞬、ガッキーの足が最上段にふれるのが速かった。

はあっ、はあっ、はあっ——

激しく息をついてその場にくずれ落ちた。

「天馬、だいじょうぶ？」

風知が駆けよっておれをのぞきこむ。とっさに顔をそむけた。

「……ごめん」

「なんで、いいよ。ありがとう天馬」

くやしかった。あんなに大口たたいて、その結果がこれだ。

「——ごめん。風知」

たぶんもうまにあわない。

おまえ、がんばったのに。今日一日、こんなにがんばったのに。

ごめん。ほんとごめん。くそ。また目が熱い。

「天馬」柊が肩に手をかける。

「やめろ、なぐさめるな」

ガッキーが近づいてきた。

「おれらの勝ちだな」風知に向かって手をさし出す。

「貸せ。アルバム」

「え？　これはやだよ」風知はぎゅっとアルバムを抱きしめた。

「いいから貸せって。時間ないんだろ？　書いてやるって言ってんだよ、さっさと寄こせ！」いらいらと手をのばしてくる。

「……でも、そっちが勝ったんじゃ」

「ああ勝ったよ。だからおれらの言うこと聞くんだろ。文句あっか？」

ぶすっと言って風知の手からアルバムを奪いとると、ガッキーはさっさと石段に腰を下ろした。おれはぽかんとしてそれを見ていた。

と、柊が見えないところでこっそりと親指を立ててみせる。にんまり笑(わら)った口もとから白い歯がこぼれた。

うわ、なんだよおまえ。だからその顔やめろって。

「――うおっ、なにこれ！」石段(いしだん)に座(すわ)っていたガッキーがいきなり大声をあげた。

「えっ、えっ、うそ。これ、もしかして図師(ずし)？　チキンタイタンの？」

風知がうなずく。

「うん、そう。『フナムシのズシ』でしょ？　書いてもらったんだ」

「まじか？　すっげ、すっげえ！　本物！」

「ガッキー、ファンなの？」

「おお、テレビはぜんぶ録画(ろくが)してる。ＤＶＤも持ってる」

「へえ、すごいね！　図師さん、すごくかっこよかったんだよ」

「まじか、くそーうらやましい！　この『〇〇のズシ』って図師さんがよくサインに書く言葉なんだ。すげえな本物だよ。なあ、写真撮(と)っていいか？　待ち受けにする」

ふたりでやけに盛(も)りあがっている。そういえばこの三人組は、もともとチキンタイタンのロケを追っかけてたんだっけ。

ガッキーとトモとクボっちはそれぞれに寄せ書きを書いてくれ、それからあの石段で、みんなで並んで写真を撮った。

「駅に行くならこっちから行ったほうが近いぞ」

裏道を教えてもらい、おかげで帰りはあの石段を下りずにすんだ。

「ねえ、ぼく思いついたんだけどさ。ガッキーが『中垣』で『ガッキー』なら、天馬は、『大崎』で『サッキー』になるんじゃない？」

風知がやけに得意そうな顔で言う。

「うるせえよおまえは」

「痛い痛い痛い」

ガッキーはおれたちを見てげらげらと笑った。大通りまで送ってもらって、それぞれに手を振る。

「じゃあな。気をつけて行けよ」

「うん。ありがとう」

「みんな元気でね」

「じゃあな」おれが言うと、ガッキーはにやりとしてうなずいた。

「じゃあな、サッキー」

「――う、うる」

うるせえよバーカ、と言い終わるまもなく、ガッキーたちは自転車に乗っていってしまった。げらげらいう笑(わら)い声(ごえ)が、少しのあいだあとに残(のこ)った。


「なあ、電車の時間、何分？」

バタバタと駅に向かいながら柊に聞く。

「えっとね……あっ、さっき行ったばかりだ。つぎは――六時七分」

「まにあわないじゃん！　約束(やくそく)の時間六時だし。風知、お父さんに連絡(れんらく)しろよ」

「う、うん……かけてみたけど出ないんだ。メール送ってみるけど」

「だいじょうぶ、つぎの駅までそんなにかからないし、遅(おく)れたとしても十五分くらいだよ」

柊がなぐさめる。おれたちはホームに行って電車を待った。あたりはもうすっかり夕暮(ゆうぐ)れに包(つつ)まれている。

「風知。さっきのアルバム見せてくれよ」

風知は「うん」とうなずき、キャリーケースから卒業アルバムを取りだした。受けとるとずっしり重かった。おれたちは頭をつきあわせるようにして開いたページをのぞきこんだ。

始めは真っ白だったのが、今は文字も大きさもばらばらの寄せ書きで埋められている。

「あいつらなんて書いたんだ？」

「えっとね……あっほら、ここ」

〈中学に行ってもがんばってね！〉　友成祐樹
〈長い階段のむこうに明日がある〉　久保健人

「トモとクボっち、こんな名前だったんだね」

「クボっちの、ちょっとポエム入ってねえ？」

そしてあともうひとり。ページのてっぺんにひときわでかい字でこう書いてあった。

〈最強〉中垣翔真

見た瞬間、えらそうに笑うガッキーの顔が浮かぶ。

「はあ？　あんだけ考えてこれかよ。なんだよ〈最強〉って、頭悪すぎだろ」

「ガッキーらしいねえ」

「ほんと」

柊と風知はくすくす笑っている。

「ほんと、態度でかいやつは、字もでかいよな！」

おれが言うとこんどは声をあげて笑った。おい、それどういう意味だよ。

「あ、そういえばクボっちが言ってたよ。このアルバム、ほんとはちゃんと届けるつもりだったって」

「え？　あいつらが？」

「うん。見つけたときはおみくじ売り場のとこにあったんだって。だれかが動かしたんだろうね。それで社務所か交番か、どっちに届けようかってやってたら――」

「ぼくも言われた、トモに。ごめんって。あとで届けるつもりだったんだよって」

「……ふーん」

おれも気づいていた。〈最強〉の文字の下に、米粒みたいな字で、「ガンバレ」って書いてあったこと。

「ふん。堂々と書けよなあ、まったく」それからふと思いついてつけ加える。

「――なあ風知、今日撮った写真、おれにも送ってくれよ」

「いいよ、もちろん。携帯でいい？」

「うん。これって、家でプリントできるよな」

「だと思うけど」

柊がにこにこしながら言った。

「いいね、それ。ぼくも帰ったら、自分のアルバムに貼ろうっと」

「べ、べつにおれは、そんなことぜんぜん」

柊はさらににっこりと笑ってみせる。ああもう、だからその顔やめろって。

「だったら、いっしょに寄せ書きも送ろうか？　写真かコピーでさ。せっかく書いてもらったんだし。ね、天馬」

風知の言葉に一瞬ためらい、おれは無言でうなずいた。

うなずきながら、机の下に押しこんだままの自分の卒業アルバムのことを考えていた。

昨日までは、見るのも嫌だった、スッカスカのあのアルバム。

今日の写真とか寄せ書きとかいろいろ貼ったら、あれもそんなに嫌じゃなくなるかもしれない。もしかしたら、机の上に出しておこうかって気になるかもしれない。

そしてそれはけっこう、悪くない考えに思えた。

やがてホームにベルが鳴り、ゆっくりと電車が入ってくる。おれたちは荷物を抱え開いたドアに飛び乗った。

# 第7章　再会

電車が動きだしてようやく落ちついたとき、柊が言った。

「あのさ、今のところ書いてもらったのは九人分だよね。まだあとひとり、足りないんじゃないかな」

おれは指を折って数えてみた。

「あ、ほんとだ、まだ九人じゃん。どうする風知」

「ううん、だいじょうぶ」

「そっか、だよな。おまえがんばったもん。ひとりくらい足りなくたってべつに」

「そうじゃなくて、ちゃんと最後まで集める。心配しないで。ちゃんと考えてあるから」

やけにきっぱりと言って、風知は夕陽に染まった窓の外の景色をじっとながめていた。

プシュ、と音がしてドアが開いた。おれたちはバタバタと電車を降りた。人混みをすりぬけ改札へ向かう。風知のお父さんとは、改札横の切符売り場の前で会うことになっている。

「――あ、いた」

風知の足がぴたりと止まった。視線の先をたどると、人の流れの向こうに、スーツ姿の男の人が携帯に目を落として立っているのが見えた。「あの人？」と聞くとこくりとうなずく。

とうとう来た。なんかおれまでどきどきしてきた。

ふと見ると、風知はまだそこにいた。緊張した顔でもじもじしている。

バンと背中をたたくと、よろめくように前に出た。

「なにしてんだよ。ほら行ってこい！」

一年ぶりの、感動の父子の再会だ。

やっぱ抱きあっちゃったりすんのかな。いやいや、さすがに六年でそれはないか。あっ。ていうかおれらもう卒業したんだっけ。

と、柊が後ろからおれのリュックを引っぱってきた。

「天馬、ぼくたちはここで待ってようよ」

「そ、そっか。そうだな」

おれたちの見守るなか、風知はガラガラとキャリーケースを引きながら、ふわふわした足どりでお父さんのほうへ歩みよっていく。

「お父さん」

風知のお父さんがゆっくりと顔を上げた。

「風知。遅かったな」

「ご、ごめんなさい。ちょっと課題に手どま……あれ？　て、手間どっちゃって」

ぷっとふきだす。風知のやつ、顔が真っ赤だ。柊がつんとおれの袖を引いた。「行こう」おれもあわてて歩きだした。

「こんにちは、おひさしぶりです」

柊が例の笑顔でにこやかにあいさつする。

「やあ、きみは――」

「高峰柊です。ごぶさたしてます」

「――ああ！　幼稚園でいっしょだった子だね。驚いた、大きくなったなあ」

「はい。今日はお世話になります。すみません、せっかくふたりで会うのに、ぼくたちもいっしょになって」

「いやいや、とんでもない。こちらこそ、会えて嬉しいよ」

へえ、この人か。あらためてまじまじと見る。

初めて会う風知のお父さんは、ごくふつうの、でもいかにも仕事のできる会社員、て感じの人だった。きちんとスーツを着て髪もさっぱりと短くしてある。あんな変な課題を出す人だから、もっと変わった感じかと思った。と、向こうもおれに気づいたようだ。おれは一歩前に出る。

「こんにちは、はじめまして。同じクラスの、大崎天馬です」

「はじめまして。よく来たね。きみは大きいなあ、ほんとに同級生かい？」

びっくりしたように目を見ひらいて笑う。その表情はほんのちょっと風知と似ていた。おれは元気よく答えた。

「はい。見えないかもしれないけど、同級生です。中学もいっしょです。な？」

「うん」風知は恥ずかしそうにうなずく。なんだよおまえ、ひさしぶりのお父さんに照れてんのかよ。

「とにかく、みんなぶじに来られてよかった。お腹空いたろう、ごはん食べに行こう」

おれたちはぞろぞろと歩きだした。


「さあ、どうぞ。お腹いっぱい食べなさい」

「いただきます!」

風知のお父さんはおれたちを地元の回転寿司屋につれていってくれた。この店では、近くの漁港で揚がる魚を出してくれるのだという。

「せっかく遠くから来てくれたのにこんなので悪いね。でもみんな食べ盛りだろう? ここなら遠慮しないで好きなだけ食べていいよ」

笑いながら声をひそめ、目配せしてみせた。

「いや、おれ、寿司大好きです!」

さんざん歩きまわって腹ぺこだった。レーンを回ってくる皿をつぎつぎ取ってはばくばく食べる。おれの前にあっというまに皿が積みあがっていく。柊がテーブルの下でつついてきた。ちょっと遠慮しなよ、という意味だ。

「気持ちいい食べっぷりだなあ、大崎くんは。ほら風知、おまえもしっかり食べなさい。

腕なんかまだこんなに細いじゃないか。柊くんも大崎くんもこんなに大きいのに」

「うん……」

「天馬はちょっと食べすぎだよ」

「へ？　だっへほれ、ふげえうまいし」

「天馬、ちゃんとかんで、口は閉じて」

「いい、いい。食べられるだけ食べなさい」

風知のお父さんはおおらかに笑っている。「風知のお父さん」ていちいち言うのはめんどくさいなと思っていたら、自分のことは「征司さん」と呼んでほしいと言ってきた。

「だって、なんか距離が遠い感じだろう？」

そう言って笑う。上着を脱いだせいか初めの印象よりずっと気さくな感じだ。ワイシャツの胸ポケットにインクの染みみたいのがあって、けっこうぬけてるとこもあるのかもしれない。おれはすっかりくつろいだ気分で好物のサーモンを味わった。

征司さんは住宅メーカーに勤めていて、こっちの営業所の副所長になったのだという。

「へえっ、すごいんですね」

「いやいや忙しいばっかりだよ。今日は無理言って早めにあがらせてもらったんだ。今か今かと待ってたのに、うちの息子ときたらそんな気も知らず、いつまでたっても来ないから」

風知は首をすくめた。おれはあわてて手を振った。

「あ、すみません。じつはそれは、おれのせいでもあって」

「大崎くんの？　どうして」

「ええっとそれは、話せば長いことながら――」

売り言葉に買い言葉で、神社でガッキーたちと勝負してた、とか。

「要するに天馬がちょっと調子に乗りすぎた、ってことだよね」

「なんだよ柊、まとめすぎだろ」

征司さんが声をあげて笑う。

「いいなあふたりとも。風知もこのくらいはきはきしゃべれればいいのに」

「いや、今ちょっと照れてるだけです。だってさっきまであんなにうるさかったのに、なあ風知」

にやにやと顔をのぞきこむと、「天馬ったら」風知はますます小さくなった。征司さんは楽しそうにおれたちのやりとりを聞いている。

「それで、どうだった？　課題。ぶじ終わったかい？」

食後のお茶をゆっくり飲んだあと、湯呑みを置きながら尋ねてきた。

来た。

おれはデザートのりんごシャーベットをごくんと飲みこんだ。

「うおっ、つめてっ」「天馬、なにやってんだよ」

「――お父さん。あのね」

風知が思いきったように顔を上げる。結んだ前髪がいっしょにはねた。

「課題の寄せ書きね、集めたよ。たいへんだったけど、柊と天馬が助けてくれてなんとかがんばれた」

「そうか」

「でもね、まだ完成してないんだ。あとひとり分残ってる。――だから」

そこで風知はまっすぐに自分の父親を見た。

「お父さん。最後の十人目、書いてくれない？」

アルバムをさし出す。征司さんはじっと息子の顔を見つめ、それからふっと笑った。

「――わかった。書こう」

「お父さん」

征司さんは目の前の皿の山をよけ、アルバムの空いたスペースにさらさらと書きはじめる。

なるほどね。お父さんが十人目か。風知、やるじゃん。

おれもほっとする。よかった、やっぱりどこかでちょっと、責任感じてたし。

征司さんがアルバムを返してきた。

と、受けとった風知の表情がぎこちなくこわばる。どうしたんだろう。

首をのばしてのぞきこむと、漢字が四文字書いてある。

「ん、なに？　た？　た、カ……？」

「たりきほんがん」柊が横からそっと教える。

〈他力本願〉

「……人の力をあてにすること、みたいな意味だよ」

風知は顔をこわばらせたままじっとその文字を見つめている。征司さんはふうっとため息をつき、手を組みあわせてテーブルの上に載せた。

「悪いけど風知、これは十人目には数えられないよ。もう一度、指示書をちゃんと読んでごらん。『知らない人から』と書いてあるはずだ」

ぴしりと言われ、風知はうつむいた。おれは身を乗りだした。

「あ、あのっ、でも、こい――風知は、ほんとにすごくがんばって、この九人分集めるのだってほんと、めちゃくちゃ苦労して、ほんとにとちゅういろいろあって、それでもこいつ、ぎりぎりまでがんばって――」

「ありがとう。きみはいい子だな、大崎くん。でもこれは、ぼくと彼との約束なんだ」

「だからっ、ちがうんです！　時間切れになったのはおれが足引っぱったからで、それで」

「そうです、ぼくもとちゅう、いろいろじゃましちゃって」

けれど征司さんは耳を貸さなかった。

「風知。こんなに友だちにかばってもらって、恥ずかしくないのかい？　それにその髪。さっきから思ってたけど、どうしてそんなふうに結んでるんだ？」

風知がぱっと髪を押さえた。

「あ、あのねお父さん、これは、侍――」

「風知」

風知はだまって下を向く。

「もうすぐ中学生になるっていうのにそんな調子で。頼むからもう少ししっかりしてくれないか。わかってるだろう、お父さんはずっといっしょにいられるわけじゃない。いつまでもあのときの小さな子のままじゃだめなんだ。いつも言ってるだろう。だいじなのは、なんとしてもクリアするという、強い気持ち。そのための日々のつみ重ねだって」

回転寿司のボックス席が、いきなり会社の会議室に変わってしまったみたいだった。さっきまでの気さくな「征司さん」はどっかへ行って、今は知らない大人が難しい顔でため息をついている。

風知はうつむいたまま、そっと髪のゴムをはずした。前髪が目の上にパサリと落ちる。あたりに気まずい空気が流れた。

おれは急いで下を向いて、もくもくとシャーベットを口に運んだ。運びながら、征司さん厳しいなと思った。一年ぶりだっていうのに、いきなりそんな説教しなくてもいいじゃないか。だいたいあの髪だって、本人は気に入ってるんだ。それに、さっきから大きいだの元気だのやたらおれをほめてくれるけど、そのおれだって、あの課題はとてもひとりじゃこなせない。柊なら、まあなんとかなったかもしれないけど、でもあいつは同級生のなかでも別格だ。

(約束は、守らないと——)

風知があんなに必死になって課題をクリアしようとしていたのが、ようやくわかった気がした。征司さんは組んだ手の上にあごを載せ、じっと風知を見つめている。

「風知。おまえが約束を守れないのなら、お父さんも約束を守るわけにいかないよ」

風知がぱっと顔を上げた。

「待って、お父さん。ぼく、今から行ってくる。だいじょうぶ、あとひとり分ちゃんと集めてくるから」

あわてて席を立つ。おれたちはびっくりして引きとめた。

「あっ、おい」「風知待って」

風知はアルバムを抱え、店の出口へと向かっていく。征司さんはだまって座っている。

「あ、あのっ、おれ、ちょっと行って止めてきます」

「いいんだ」征司さんは自分の湯呑みにお茶をつぎたしながら言った。

「彼の問題だから、彼自身の手でなんとかしなければ」

「でもっ！」

おろおろとふたりを見くらべる。風知はもう店を出ようとしている。外はもう暗くなっていた。自動ドアが開いて小さな背中をのみこむ。

「おれ、やっぱり行ってきます」

立ちあがると柊もすでに荷物を抱えていた。目を合わせてうなずく。

「手伝ってきます。おれたちも。あの課題、わりと——けっこうハードだから」

力をこめて言ってみた。伝われ、と思ったけどどうだかわからない。

「また連絡します。もしなにも連絡がなかったら、八時にまたさっきの場所で」

柊が言いたした。

「どうもごちそうさまでしたっ」

ふたり同時に頭を下げると、おれたちは急いで風知のあとを追った。

店の外に出るとあたりはすっかり陽が落ちて、街の明かりのなかを人々が早足で行きかっている。おれはきょろきょろと周囲を見まわした。

「あれ？　風知のやつどこ行ったんだろう」

「駅のほうじゃないかな、人が多いところに行くと思うけど」

そのとき遠くでガラガラという音が聞こえた。風知のキャリーケースだ。駅と反対方向から聞こえてくる。「残念」おれは柊をひじでつつくと急いでその音のするほうへ向かった。

しばらく行ったところで、コンビニの前にぼうっと立っている風知を見つけた。おれたちはそっとその背中に近づいた。

「――こらっ風知」

ガキッと後ろから首に腕を回す。

「ひゃあっ」風知は変な声を出し、じたばたともがいた。柊が横から顔を出し、にこっとほほえむ。

「よかった、すぐ見つかって」

「てっ、天馬、な、なんで、柊」

「なんでじゃねえよ、なにひとりで行ってんだよ。またヘンタイ出たらどーすんだよ」

風知はなにか言いかけ、すぐまたうつむいた。

「だまってんじゃねえよ」目が赤かったのに気づかないふりで頭をぐりぐりする。

「痛い痛い痛い」「天馬、やめなってば」

風知は頭をさすりながら言った。

「だって、だってさ。さっき、人の力をあてにするって言われたし、だから、ひとりでやらなきゃって……」

「あれは最後のひとり分をお父さんに頼んだってことだと思うよ。でないとその前に集めた九人分もぜんぶだめってことになるじゃない」

「そ、そうかな……？」

おれは目の前のコンビニを見た。

「なに？　ここに入ろうとしたのか？」

「うん……でも」

「よし、じゃあさっさと行こうぜ」

「待って天馬。ほら、レジにあんなに人が並んでる」

柊の言うとおり、明るい店のなかは客で混みあっている。

「あー、これじゃ無理か。じゃあ、どこ行く？」

ぐるりと見わたしても、食べ物系の店も、コンビニも、本屋も忙しそうだった。通る人はみんな急ぎ足で、何人か声をかけてみたけど、だれも立ちどまろうとしなかった。とちゅう、あからさまに舌打ちされて、おれたちは急いでその場を離れた。そのままあてもなく歩く。駅からどんどん離れていくけど、だれもなにも言わなかった。

なんか、急に力がぬけてしまった。

ここにきて一日の疲れがどっと出てしまったみたいだ。

——なんでだめなんだよ。

重い足で歩きながら思った。

なにがだめなんだよ。ほんとに九人分じゃだめなのかよ。

ぐるぐると考える。

そっちこそわかってんのかよ、おれたちの一日がどんなだったか。知らない場所をさんざん歩きまわって、いろんな人に声をかけて。

いっぱい断られた。怖い思いもした。親切にしてもらった。テレビカメラにも映った。

あちこち走りまわった。そうして、やっと集めた九人分だったのに。

なのにだめとか、意味わかんねえ。

すぐ横をガラガラと荷物を引きながら、小さい背中がしょんぼりと歩いていく。

こいつは、風知はぜったいいずるをしなかった。テキトーでいいじゃんて言うおれに、本気で怒ってた。「約束だから」って。それもぜんぶ、カウントなしかよ。そっちがかってに宿題出しといて、「指示書を読め」って、なんだよそれ。べつにこれ仕事じゃねえし。

ふと柊が口を開く。

「……さっきの、あれさ」

「ああ？」おれはいらいらと答えた。

「『約束』ってなにかなって。——ねえ風知。言ってたじゃない、お父さんが。風知が約束を守れないなら自分も守らない、って」

「あ？　そうだっけ」

「ずっとふしぎに思ってたんだ。風知が学校休みだすのって、いつもお父さんのところに行ったあとな気がして」

おれはびっくりして柊の顔を見た。柊は風知を見ていた。

「もしかしてだけど——このことと関係ある？」

風知はうつむいて、ゆっくりと首を振った。

「ううん。ただ、すごく疲れるんだ、面会のあとって。すごく疲れて、動けなくなる。帰ったらいつも具合が悪くなって、学校休んで――休みだしたら、なんとなく、つい」

どきりとする。メンカイ。今、風知はそう言った。それは「塾」とか「病院」とかと同じ響きに聞こえた。

「それは、その約束のせい？」

風知は強く首を振った。「ううん、そうじゃない。ただぼく、体力なさすぎるんだよ、きっと。ほら、さっきも石段たいへんだったじゃない？　困るよね、もうすぐ中学なのに」へへっと笑ってみせる。

おれと柊は顔を見あわせた。どっちの目も同じことを言っていた。

いい、いい、

へたくそ。

「で？」おれはじろりとにらんでみせる。

「え？」

「どうすんだ中学。また来ないのか？」

「それは……」

「来いよ」

強い調子で言うと柊がおれの袖を引っぱった。「天馬」

構わずつづける。

「最初の一歩がしんどいんだ。おれも知ってる。去年そうだったからな。——でも今は、やっとちょっと楽しみになってきた。中学。だから来いよ、風知。一回来て、それから決めろ。でないとつまんねーだろ。おれが」

風知と柊がびっくりしたようにこっちを見ている。おれはあわててバンとふたりの背中をたたいた。

「だいじょうぶだって！　帰っても春休みはまだ残ってるし、疲れなんかすぐとれるって。来ないと家まで迎えに行くからな。ほんとに行くぞ」口に手を当てわざと野太い声で言う。「——ふーうちくん、がっこ行こー」

「えー？」風知がちょっとだけ笑った。柊もにっこりする。

「じゃあぼくは、天馬を迎えに行くよ。大崎くーん、がっこ……」

「それはやめて」

「なんでさ」

「ぜ、っ、た、い、や、め、ろ」

「あははっ」風知が声をあげて笑った。

「――さて、じゃあ行くか」

「えっ？」

「寄せ書き。さっさと終わらせようぜ」

今やってきたほうへくるりと方向転換して、ふたたび歩きだした。


けれど、やっぱりそう甘くはなかった。もどる道々、書いてもらえそうな人を探しつづけたけどなかなか見つからない。柊がさすがに疲れた顔で言った。

「ねえ、来年からはさ、ちょっとレベルを下げてもらうよう交渉できないかな。これじゃクリアするのがたいへんだもの」

「うーん、でも……」風知が言葉をにごす。おれはあきれてしまった。

「なに言ってんだおまえら、交渉するなら『課題やめろ』だろ。ばっかじゃねえの。だいたいなんでこんなもんクリアしなきゃなんないんだよ。いいか、学校だって宿題ないんだぞ春休みは！　……ん？」

柊と風知がぽかんとした顔でおれを見ていた。

「な、なんだよ」

「……考えつかなかった」

「ぼくも」

柊がふーっと息をつく。

「やっぱり、強いなあ、天馬は」そう言って、くすくすと笑った。

「あのとき——初めて会ったときから、ずっと強いや」

「はあ？　なに言ってんだよ。ほんと意味わかんねえ」

柊はまだ笑っている。なんなんだよ、もう。

「あっ、なあ、あそこならどうだ？」

駅の近くの角に小さな交番が建っているのを見つけた。なかにお巡りさんがひとり座っている。おれたちが入っていくと、教頭先生くらいの歳のその人は「おや、どうかしたかい？」と立ちあがった。

「あのう、すみません……」

アルバムを見せながら風知が事情を説明する。お巡りさんは、始め不審そうな顔をしていたけれど、柊が例の笑顔で「あこがれの職業の人に書いてほしくて」と言うと表情をやわらげた。「ぼくでいいのかい？」嬉しそうにペンを取り、さらさらと書きはじめる。それからふとおれたちの荷物に目を留めた。

「きみたち、ずいぶん大きな荷物だけど——塾帰りって感じじゃないね。もう遅いよ。どこから来たんだい、家はどのへん？」

「家はここじゃないです。ぼくたち今、卒業旅行のとちゅうで」

風知がにこにこしながら答える。お巡りさんの眉がきゅっと上がった。

「卒業旅行？　きみたちだけで？」

あっ、ばか風知、よけいなことを。

「ちょっと話を聞いていいかな。お家の人たちはこのことを知っているのかい？」

「あっ、はい、あのう」

「ぼくたちはべつに」

「じつを言うと、春休みは家出が多くてね。きみたち、ちょっと名前と住所を聞かせてもらおうか。歳は？　学校の名前は？」

「あっ、あの！　ぼくのお父さん、います。すぐそこに」

「お父さん？　すぐそこってどこに」

「駅の前で待ち合わせなんです。待って。ぼく行って、つれてきます」

風知は交番を飛びだした。

「あっ、きみ！」

「だいじょうぶです」柊が愛想よく言う。「ぼくたち、彼がお父さんに会いに行くのにつきそってきたところで、それを卒業旅行って、自分たちでかってに呼んでるだけです。そのほうが気分出るでしょう？」

柊はいつのまにかちゃっかり置いてあったパイプ椅子に腰かけている。

そこへ風知が息を切らせてもどってきた。

「お巡りさん！　これ、これぼくのお父さんです」

後ろを見ると、風知に手を引っぱられて征司さんが立っていた。

「あの、すみません。どうしたんでしょう。この子たちが、なにか問題でも――」

「ああ、いやいや、そういうわけじゃないんですが」

話していくうちにようやく家出の疑いは晴れた。お巡りさんは念のためにとそれぞれの名前を確認してから、もういいよと言ってくれた。

「じゃあ、みんな気をつけて」

「ありがとうございました」

お巡りさんがアルバムに書いてくれたのは、

〈文武両道　中学校でもしっかりがんばれ〉

だった。ふうん。この人、つぎは「高校でもがんばれ」って書くんだろうな、きっと。

「――まったく、びっくりしたよ。あわてて走ってきていきなり、交番、交番って。事故にでもあったのかとひやひやしたよ」

交番の外で征司さん――なんか、さっきの風知の話を聞いたら、もうそんな親しげな呼びかたをする気が失せてしまった――が言った。

「すみません……」おれたちは素直に謝る。

「でもねお父さん、ちゃんと書いてもらえたよ。ほらこれ、十人目！」

風知がアルバムを開いて見せると、おじさんはちらりと目を走らせただけですぐまた前を向いた。風知が小走りでついていく。

「ねえお父さん、ぼく、ちゃんと十人分集めたでしょ」

「……風知」おじさんはため息交じりの声で言った。

「言ったはずだぞ。指示書では、締め切り時間は何時だった？」

「……六時」

「そう。六時だ。今はもう八時。時間厳守。悪いけどそれは、無効だよ」

「そんな！　だったら最初から」柊がそっとおれの腕を押さえる。

「風知。なんども教えただろう。結果を出さないと意味がないんだ。その時点で成果がなければ、なにもないのといっしょだ。お父さんだって同じだよ。どんなにがんばっても、お客さんがよそに行っちゃったらそこまでだ。零点なんだよ」

風知はじっとお父さんを見あげていた。くちびるをふるわせてなにか言いかけ、でもなにも言わないまますっと下を向く。おれはぎりぎりと歯を食いしばりながらその横顔をにらみつけた。

言えよ。言えって。

そんなのずりいぞとか、最初からそう言えよとか、がんがん文句言えよ。もうこんな課題いらないって、はっきりそう言ってやれ。

けれど風知はなにも言わなかった。

「──あのっ！」たまらず言いかけ、ひやりとする。見あげた横顔が冷たかった。ガシャンと下りたシャッターみたいだった。言葉がしゅるしゅるとしぼんでいく。結局、おれもなにも言えず下を向いた。

ぽつぽつと街灯のともる道を、おれたちは口をつぐんだまま歩いた。

ときどきおじさんが思いだしたように、塾には行ってるかとか制服は着てみたかとか、ほんとにどうでもいいことを聞いてきて、それに「はい」とか「いいえ」とかだけ答えていたら、そのうち向こうもなにも言わなくなった。よその家からカレーのにおいが漂ってきて、急に家に帰りたくなった。

「さあ、ここだ」

建物の前で立ちどまる。

見あげると、とくに古くも新しくもない四階建てのごくありふれたマンションが建っていた。今日はここに泊まるのかと思ったら、また家に帰りたくなった。

と、いきなりだれかの携帯が鳴る。

おじさんのだった。急いで取りだし話しはじめる。

「はい、もしもし――あっ、どうもお疲れさまで――え？　はい、どの件ですか？」

こっちに背を向け、手で口をおおうようにして話している。

会社からだろうか。ずいぶん話しこんでいる。おれたちが待っていると、通話を終えたおじさんが急いでふり向いた。

「すまん、風知。ちょっと会社にもどらなきゃならなくなった。三人で先に入っててくれないか」

じゃらりと家の鍵らしいキーホルダーを渡してくる。

「きみたちも、すまないね。ゆっくり風呂に入って、テレビでも観ててくれ。もし遅くなったら先に寝てていいから。部屋は三〇五号室、三階だ」

ちゃんと戸締まりしろよ、と最後に言いおいて、ふたたび駅のほうへもどっていった。

# 第8章　結果

「――へえ、けっこうきれいじゃん」

玄関のドアを開け、電気をつけると、ぱっと室内の景色が浮かびあがった。

上がってすぐがダイニングキッチン、そのおくに畳を敷いた部屋がふたつある。片方の部屋にはテレビや座椅子があり、もう片方にはふとんがたくさん積んで置いてあった。

「ぼくたち、こっちで寝るんだろうね」

「そうみたいだな」

おれたちは荷物を部屋のすみに置き、うろうろとそのへんを歩きまわった。なんだかよその家にかってに上がりこんでるみたいで落ちつかない。柊が「だってそのとおりじゃない」と言って笑った。

風知はさっきからずっと元気がない。

「すげえ、ちゃんと片づいてるよな。おれの部屋もっとめちゃくちゃだぞ」

話しかけても、うん、という気のぬけた返事しか返ってこない。やっぱり、さっき一言でもおじさんに文句言ってやればよかった。

テレビをつけ、みんななんとなくその前に座る。なんかキャンプの焚き火みたいだ。画面から流れてくるにぎやかな笑い声にちょっとだけほっとする。

と、静かだった風知がとつぜん「あっ」と声をあげた。テレビを指さす。

「見て、あの人たち、ほら！」

派手なジングル音とともにふたりの若い男が画面の中央に現れた。

「あっ！」おれと柊も身を乗りだした。

「――チキンタイタンだ！」

押しあうようにして画面の前に集まる。

「どうも、こんにちはぁ、チキンタイタンでーす」

テレビのなかで拍手が起きる。ちょうどこれから出番らしい。

「あのう図師さんは、ほら、最近あれですって？」

「ん？」

「ふ」と「ん」が混ざったような気のぬけた相づちに、客席から笑いがもれる。ツッコミなのに微妙に力のぬけたモッチさんと、それに輪をかけて力のぬけたボケ役の図師さんのやりとりは、「ゆる芸」とも呼ばれていた。おれたちはわくわくしながらテレビを見つめる。「ぼくたち、今日この人たちに会ったんだよね」「うん」「そうだよ」

「ぼくね、小説書こうと思うんです」

「ほお」

「………」

「………」

変な間に会場で笑いが起こる。

「したらペンネーム決めんといかんね」

「そうね」

「どんなのがいいんですか図師さんは」

「それよ」

「なにが」

「決めた」

「早いな」

「フナムシのズシ」

「は？」

「ズシ。フナムシの」

「………」

「………」

「もしかして、タマムシ……？」

「ううん。フナムシ」

おれたちは顔を見あわせ、それからいっせいにふきだした。

「聞いた、今の？」「聞いた」「ネタじゃんか、やっぱり！」

三人でげらげら笑う。笑いながら、たがいに体をぶつけあった。なんか嬉(うれ)しかった。ネタが終わってふたりがマイクの前からいなくなっても、おれたちはまだ笑っていた。

「――あーサイコーだな、チキンタイタン！」

CM(シーエム)に変わり、おれは畳(たたみ)の上にばったりと倒(たお)れた。風知がアルバムを出してきていそいそと寄(よ)せ書(が)きのページを開く。たくさんの文字のなかに、あのへんにカクカクした文字がちゃんとあった。

〈フナムシのズシ〉

「ぶふっ」だめだ、やっぱり笑ってしまう。

見れば見るほど意味がない。でもそこがよかった。

「意味ねー！」おれたちはまたひっくり返って笑った。


九時をすぎてもおじさんが帰ってこないので、順番に風呂を使わせてもらった。

修学旅行といえばでっかい風呂に全員で入るのが定番だけど、ここではとてもそうはいかない。ちょっと残念だけど、おれはひそかにほっとしていた。だっていきなりこいつらの前で裸になるとか、やっぱり無理だ。でかいくせにこんなこと言うとばかにされそうだけど、おれは温泉の大浴場とかも苦手だったりする。男子はそれなりに繊細なのだ。

風呂がすんでから、みんなでふとんを敷いた。六畳間に三枚はぎゅうぎゅうだったけど、少なくともふとんから落ちる心配はない。

「あーっ、気持ちいー！」

ごろんと寝ころんで手足をのばす。ふかふかのふとんを背中に感じながら、そのまま寝てしまいそうになる。

「……おじさん、帰ってこないね」

風知をまんなかにして三人で寝ころんでいると、柊が言った。

「仕事、忙しいみたいだね」

風知はうん、とうなずいた。

「せっかく遠くから会いに来たのにな」

「うん」

おれはごろんと腹ばいになった。その姿勢のままじろりと風知の顔を見る。

「で？」

「え？」

「約束って、なに？」

「ええっ？」風知はがばっと身を起こした。「なっなっ、なんで今」

「だっておまえ、夜は告白タイムって決まってるだろ。さっきのつづきだよ。約束守ってもらえないと困るとかさ。なんだよそれ」

「ぼ、ぼくは、べつにそんな」

「風知」柊が反対側からのぞきこむ。「いいかげんしゃべっちゃったら?」

「……」風知は真っ赤になって枕に顔をうずめた。しばらくだまったあと、ぽつりとつぶやく。

「……ぼくも、みんなみたいだったらよかった」

「みんなみたいって?」

「柊とか天馬みたく、元気で、はきはきして、体も大きくて、体育や勉強もできて。そしたらお父さんだって、課題とかいらないんだ。きっと」

「おれは勉強は残念だぞ」

「天馬」

「ぼくはぜんぶ足りないから。ずーっとぴょんぴょん跳んでなきゃいけないんだ。お父さんといっしょにいると、ずっとぴょんぴょん。すごく疲れる。でもしかたない。ぼくがダメだから。ちゃんとお父さんみたいにならなきゃ、ぼくも。だから、課題がいるって」

「……」

風知が枕に顔をうずめたまままくぐもった声で言った。

「……ヨーイクヒ」

「え？」

「条件なんだ。年に一回の面会。だからぼくが課題クリアできないと」

「払ってもらえないの？」

柊の言葉に、おれはようやくそれがなんのことなのかわかった。

養育費。子どもを育てるための、お金だ。風知が顔を上げ急いで首を振った。

「ううん、ぜんぜん払ってくれないわけじゃないんだ。でも、」

支払いが遅れたり、いつのまにか額を減らされたりしてしまうのだという。

「なんだよそれ、ふざけんなだろ」

「しかたないよ。課題、クリアできなかったんだもん」

「お母さんはなんて？　なにも言わないの？」

「お母さんはあんまり知らない。くわしいこと話さないし。言ったら心配するもん」

「そんな」

「……あーあ、また困っちゃうなあ、お母さん」風知はごろんと転がり天井を見あげた。「離婚する前ね、いつもけんかしてたんだ、お父さんとお母さん。顔を合わせてるあいだずうっと。だからね、もしかしたらお父さん、今でも怒ってるんじゃないかな。お母さんのこと。だから――ほんとはもしかしたら、意地悪したいだけなのかもしれない。お母さんに」

「……」

「だってどんどん課題が難しくなっていくんだもん、毎年。できないのがあたりまえみたいに。ぼくもがんばってるけど、でもどんどんつらくなる。――あれって、お父さんはほんとに、ぼくのためだと思ってやってくれてるのかな……」

最後はほとんどつぶやくような声だった。おれと柊はたがいにちらっと目を合わせて、でも、なにも言えなかった。風知が首だけひねっておれたちに笑いかける。

「今日は、ありがとう。柊も、天馬も。いっしょにいてくれてよかった。すごく楽しかった。いつもはもっと心細いから。……ほんと、柊の言うとおりだ。楽じゃないや、子どもでいるのって」

やっぱりおれはなにも言えなかった。ただだまって天井をにらみつけていた。

去年までこいつは、たったひとりでやってたんだ。出された課題を、「指示書」のとおりに。隣に転がってる、このふにゃふにゃでへなちょこのチビが。「ぼくもふたりみたいだったらよかったなあ」って。ばーか、おれはこんなのひとりでやるなんてぜったい無理だよ。

こんなことなら、もっとちゃんと手伝えばよかった。

最初から、もっとずっと真剣に。

胸がぎゅっと苦しかった。コーラを無理やり一気飲みしたときみたいだ。

たまらず、えいっと思いきり脚をふり上げた。そのまま天井に向かってぴんとのばし、両手で背中を支える。

「天馬、なにやってんの？」

「首倒立」

前に体育の授業でやった。腹筋に力を入れて、体はまっすぐ一直線に。自分の爪先と天井の木目が見えた。柊と風知もまねしてきて、三人並んで脚を上げる。ふとんの上ににょきにょきと立つ、まんなかがへこんだ六本の棒。

だんだん脚が疲れてきて、ぶるぶるとふるえはじめた。だれも自分から下ろそうとしない。「――くそ！」おれがばたりと倒れると柊と風知もばたばたと脚を下ろした。「けっこうやるじゃん、おまえ」はあはあしながら言うと、風知は赤い顔で息をはずませ「そうかな」と答えた。胸のもやもやがちょっとだけおさまった。

開いた窓から、かすかに遠くの踏切の音が聞こえてくる。おじさんはまだ帰ってこない。

と、柊が向こう側からおれをつついてきた。

「で、天馬は？」意味ありげな顔でこっちを見てくる。

「ん？」

「なにかないの、告白」

「はあ？　なんでおれが」

「だって自分がさっきそう言ったんじゃない、告白タイムって。なんかないの、前の学校で彼女と別れてきたとか、そういうの」

「えっ、そうなの？」風知がぱっと顔を上げ、きらきらした目でこっちを見てくる。

「ばっ、あ、あるわけねえだろそんなの」

「ええー、なんでー」

「じゃあ秘密でもいいよ。隠された趣味とか、弱点とか」

「だから、ねえって！」

「ほんとに？　正直に言ってみなよ。じつは家では甘えっ子とかさ。こう見えて泣き虫だとか」おれを見てにんまりと笑う。「つらいときママの胸で泣いちゃったこととか、あるんじゃない？」

その瞬間、ぶわっと顔が熱くなった。

「ばっ、そっ、な、なんで、ばーか！」

と、柊が口を押さえ、なんとも言えない顔をする。

「……あっ、なんか、ごめん」

「おれはなにも言ってねえだろ！」

「そうなの、天馬……？」

「ちがうって言ってるだろ！　なんだその気の毒そうな目は！」

「痛い痛い痛い」

ふとんの向こうはしから柊が言う。

「……人ってさ、都合の悪いこと聞かれると、つい『なんで』って言っちゃうんだよね」

「うるせえ、バーカ！」おれは力いっぱい枕を投げつけた。柊は笑ってひょいとそれをよける。「柊って物知りだねえ」風知にも投げつけるとこっちはあっさり命中した。

「じ、じゃあおまえはなんなんだよ！　今でもママのおっぱい吸ってんのかよ！」

「それはないなあ」涼しい顔で答える。風知がひょこっと枕の下から顔を出した。

「あっ、じゃあほら、あの子はどう？　今もつづいてるの？」

「え、どの子？　塾？　学校？　ていうか今はフリーだけど」

おれは金魚みたいに口をぱくぱくさせた。ショックすぎて言葉が出ない。

なんだなんだ。なんの話をしてるんだこいつらは。

「柊はね、すっごいモテるんだよ。上級生から告白されたこともあるんだから！」

風知が嬉しそうに教えてくる。おれは内心の動揺を必死に隠しながら言った。

「へっ。そ、そうだよな。だって王子だもんな。今日だって、ばあちゃんから二歳児まで、モテモテだったし」

「べつにそういうんじゃ」

「で、でもな！　王子だからってカンペキかどうかわかんないぞ。そういうやつにかぎってぜったいなんか――あっ、わかった！　おまえばあちゃん子だな。そうだ、ばあちゃんのおっぱい吸っててんだろ！」

「まさか。それにもういっしょに住んでないし。天馬こそ、いいかげんおっぱいから離れなよ」

あきれた顔で言われ、ぐぐう、と言葉に詰まる。風知が枕を頭に載せながら言った。

「柊のおばあちゃんかっこいいよね。幼稚園で見たことある。着物とかピシッと着てて
さ」

「うそ。あの人、すごく厳しいよ」

「えーそうかなあ。でも物知りだよ。ぼくにカリカリ梅のこと教えてくれたの柊のおばあちゃんだもん。物知りなとこ、似てるなあって」

「ほんとかどうか怪しいよ。あの人、口がふたつあるもん。オニババだよ」心底嫌そうな顔で言う。少し間を置いてからつけ加えた。

「すごく古い家でさ。若王子、っていうんだ。向こうの名字。だから、小さいころからどこ行っても『若王子の坊ちゃん』でさ。でもぼくは、『高峰』だから。ずっと」きっぱりと言う。

「ふうん。そうだったの」

風知も初めて聞いたような顔をしている。おれもびっくりした。まさか柊の口からオニババって言葉が出るなんて。それに、ずっと「王子」って呼ばれるの嫌がってたのは——

じっと顔を見ていたらばちりと目が合った。柊はにっこり、と音が出そうなくらいの笑

顔を見せる。うわ、なんかめちゃくちゃムカつく。おまえまじでその顔やめろって。

「じ、じゃあ、結局なんなんだよ、おまえの弱点はさ」

「またその話？」うんざりした声を出されて、ますますむきになった。

「虫が怖いとか、注射が怖いとか、お化けが怖いとかさ——そ、そうだ、お化け怖くて、夜トイレ行けないとか！」風知がくすくす笑っている。

「あっ、わかった！　ねしょんべんたれだ！　そうだ、そうなんだろ。し、修学旅行だってインフルエンザとか言って、ほんとはおまえ、ねしょんべん怖くて行けなかったんじゃ、——ん？」

柊がふとんにひじをついたまま固まっていた。顔が赤かった。

首から耳の先まで、カリカリ梅みたいに真っ赤だった。

「……え」

うそ。

まさか。いや、まさか。

柊は真っ赤な顔でうつむいている。

「ほっ、そ、え？　おれ、じょうだん——」

なぜかおれのほうがうろたえてしまう。

風知はまんなかであせったようにおれたちを見くらべている。

「し、柊――？」

柊がばふん、とふとんに倒れこんだ。枕にぎゅっと顔を押しつけそれきり動かない。

「えっ……」

うわ、どうしよう。なんか変な汗が出てきた。

まさか、まじだったのか？　泣いてる？　泣かせた？　あの柊を、おれが？

ど、どうしよう、どうすればいい？

風知に目で助けを求める。風知はしばらく迷って、おずおずと手をのばした。

「――だいじょうぶだよ」

そっと柊の背中をなでる。

「笑ったりしないよ、ぼくたち。ぜったい。ほんとだよ。ね、天馬」

「お、おう」おれもあわてて答える。「わ、悪い、柊。おれ、そんなつもりじゃ」

「心配しないで、柊。だいじょうぶ、今日だってぼく、ちゃんとトイレに起こしてあげるから」

「そ、そうだぞ、柊、おれも——」

柊ががばっと身を起こした。

「言っとくけど、今は、平気なんだからね」

あいかわらず真っ赤な顔でおれたちを見る。ちょっとほっとした。よかった。泣いてはなかったみたいだ。

「今は、平気だから。病院にも行ったし。平気だから、だから、来たんだ——」

「病院?」

「ちゃんとあるんだ、そういうの。薬とか、治療とか、いろいろ。やっと行けたから、今は」赤い顔のまま、それでもまっすぐにおれたちを見る。

「だいじょうぶだから。もう」

そっか。そうだったのか。

もしかしてそれは、「王子」や「オニババ」と関係あるんだろうか。ちらっと思ったけどなにも言わなかった。ただまじめな顔でうなずいた。

「うん。わかった」

柊もこくっとうなずいた。それから気まずそうに目をふせる。

「……でも、やっぱりちょっと、心配で。中学行ったら部活の合宿とか、野外キャンプとか、いろいろあるし」

「そっか。そうだな」

「ごめん、風知。べつに利用しようとかそういうんじゃなくて、ただ、ぼくは」

「いいんだよ」

風知がにっこりと笑う。

「よかったね、柊。ほんとによかった」

「――うん」

「ああ、よかったあ！」風知はのびのびと手足をのばしてばふん、とふとんに転がる。

「ね、来られてよかったね。ぼくたち、みんな」

うん。そうだな。

来られてよかった。ほんとに。課題は終わらなかったけど、いろいろ中途半端だけど。

でも初めに思ったほど悪くない。この修学旅行は。

ぼふっ。

いきなり白くてやわらかいものが顔に当たった。

「すきあり」

柊の声だった。床にぼとりと枕が落ちる。おい、今の力いっぱい投げただろ。

「やったなっ」すかさず拾って投げ返す。

おれの放った渾身の一撃は、柊には当たらず、なぜか間が悪く立ちあがった風知にきれいに命中した。


朝起きると、おじさんが台所に立っていた。

「おはよう。起きたかい？」ふり返って声をかけてくる。フライパンがパチパチ音をたて、ウインナーを炒めるしょっぱいにおいがした。

「……おはようございます」

一瞬、自分がどこにいるのかわからなかった。柊と風知ももそもそと起きあがる。

昨夜あれから、三人でいろいろ話しながら起きて待っていたはずだったのに、いつのまにか寝てしまったらしい。

「お父さん、いつ帰ったの？」風知が寝ぼけ声で尋ねる。

「さあ、十二時は過ぎてたかなあ」かちゃかちゃと皿の音がする。「もうすぐ朝ごはんだから、ふとんを片づけておきなさい」

「はあい」

返事してからハッとした。

――柊。

ぱっと反対側のふとんを見る。シーツはきれいなままだった。

おれの視線に気づくと、柊はちょっとむっとして「だいじょうぶだよ」と声に出さずに言った。「そっか。よかった」おれも口の形だけで答える。よかった、ほんとに。

ふとんをたたんでいると、目のはしで、柊がこっそり息をつき「よし」と小さくこぶしをにぎっているのが見えた。なんだかおれも嬉しくなって、自分も小さくガッツポーズを作る。知らないうちに顔がにやけていたのかもしれない。柊がなんとも言えない顔でおれを見て言った。

「天馬」

「ん？」

「おねがいだから、その顔やめて」

「みんな、ごはんだよー」食事のしたくを手伝っていた風知がおれたちを呼ぶ。おれがすばやく親指を立ててみせると、風知もぱっと明るい顔になった。柊は照れくさいのか気づかないふりをしていた。

食卓には、パンとかウインナーとかたまごとか野菜とか、いろんなものが並べてあった。

「野菜もちゃんと食べるんだぞ」

おじさんはそう言うけど、自分はコーヒーばっかり飲んでほとんど食べない。おれは遠慮なくもりもり食べた。テレビの天気予報が今日は晴れだと伝えている。テレビの横には、昨日はなかったたくさんの書類がうずたかく積みあげられていた。

自分のカップにコーヒーのおかわりを注ぎながらおじさんが言った。

「風知、帰りの電車は何時だったかな」

風知がごくんと口のなかのものを飲みこむ。

「お昼ごろだよ。夕方には帰りつけるように。……お父さん、仕事?」

「うん、いや――」

「行ってもいいよ。ぼくたちだいじょうぶだから。ちゃんと自分たちで駅まで行けるよ、昨日だってずっとそうしてたし。――でも」そこで息つぎするようにちょっと間を置く。

「アルバム、見てくれない？　行っちゃう前に。課題がまにあわなかったのはわかってる。でも、見てほしいんだ。ぼくたちが昨日、どんな人に会って、どんなこと書いてもらったか。どんなことがあって、どんなふうにがんばったか。それを聞いてほしい」

おじさんはいっときだまって、「わかった」と言った。

「最初はね、断られたんだ。電車のなかで会ったおばあさんたちだったんだけど――」

風知はアルバムを開いて、昨日からの出来事をひとつひとつ話していく。おれと柊は朝食の片づけを買って出て、流しで皿を洗いながら背中でそれを聞いている。

特急を降りた駅の、駅員さんの敬礼がかっこよかったこと。スタンプも押してくれたこと。

風知は携帯を開いて、ちゃんと写真も見せながら説明する。

祭り会場のかき氷屋のお姉さんは、『ギョーカイのひみつ』を教えてくれた。「ほんとにそうだと思う？　お父さん。あのシロップ、同じ味かな」「さあ、どうだろう。あんがい、そうかもしれないな」風知の声がなんとなくはずんでいる。おれと柊は、時間をかけてうんとゆっくり皿を洗う。

「ねえお父さん、これどういう意味かな。すべての味があなたを喜ばせます、って」

そういえば昨日そんなので大笑いしたっけ。グラスをすすぎながら、おれはあのときちらっとのぞいたお姉さんのおっぱいを思いだしていた。

「天馬、なににやけてんの」

「べっ、べつに」

風知とおじさんは一冊のアルバムを前にして、ひさしぶりに会った親子らしく、なかよく会話している。聞きながら、おれも嬉しかった。よかった。しかられて気まずいままになるんじゃなくて。だって、せっかく会いに来たんだもんな。こんな遠くまで。

「えっと、それからぼくたち、つぎの駅に行ってね――」

お。風知のやつ、あのヘンタイのおっさんのとこは飛ばすのか。まあ、それもそうか。めちゃくちゃ怒られそうだもんな。

「駅の階段に小さい女の子がいて、しいちゃんっていうんだけど」

そうだったそうだった。あいつ、ほんとに手に負えなかった。ぎゅっとしがみつかれた小さい腕を思いだす。あとでコピーもらったら、あいつのサイン、どうしよう。あのぐちゃぐちゃ書き、やっぱり貼ったほうがいいだろうか、おれのアルバムにも。

そうだ。おれのアルバム、帰ったらさっそく引っぱりださなくちゃな。

「お母さんがね、荷物多くてすごーくたいへんそうだったんだ。ひとりきりで。だからぼくたちベビーカーを――」

そこでおじさんがコーヒーをすする。

「ああ、電車に乗るのにそんなもの持って。あとで困るのはわかるだろうに」

「で、でも、すごく喜んでくれたよ。お礼にって、アメリカンドッグ買ってくれた」

「ふうん。そういえばスタンドがあるな、あの駅に」

「そう、それ！　すごくおいしかった。そのお母さん、親切だったよ。ぼくたちにも、知らない人に声をかけるならお店や駅の人にしなさい、って言ってくれて」

「やれやれ。母親ってのはみんなそうだな。あれも危ない、これも危ないって。困ったもんだ。第一、男の子だろう、もう中学生の。どんな危ない目に遭うっていうのやら」

おれはとっさにふり返った。

「あ、あのっ、でもおれたち昨日――」びしゃっと蛇口の水がシャツにはねる。

「うおっ」

「天馬、なにやって……」

――リリリリリ、リリリリリ

そのとき携帯の着信音が鳴った。おじさんのだった。急いで出る。

「はい、手塚で――あっ、どうもお世話になっております。はい、――え？　はい」

身を乗りだして書類に手をのばし、忙しくめくりはじめる。

――やれやれ、また中断か。

最後の一枚をすすぎ終えて水を止めたとき、おじさんの電話も終わった。

「みんな、悪いんだけど」言いながら席を立つ。

「え。……もう行っちゃうの？」

「すまん。急な呼びだしなんだ。断れない」

あわただしく出かける準備を始める。

そんな、これからがいいとこなのに。

だってこのあとおれたち、ロケ隊に遭うんだぞ？　撮影にも交じっちゃうんだぞ？　芸能人にサインももらって、それから神社に行って、ガッキーたちと石段で勝負を――。

おじさんは着替えるため、ぴしゃりと襖を閉めてしまった。

風知がしょんぼりと下を向いた。開いたページには、昨日集めたたくさんの寄せ書きがこっちを見あげている。そういえば神社の禰宜さんに書いてもらったやつ、今でもなんて読むのかわからない。それも聞いてみたかったのに。

からりと襖が開いておじさんが出てきた。ネクタイをしめながら忙しく部屋のなかを歩きまわる。もうアルバムには目もくれない。

「……あの、お父さん、つづきは」

「うん、話はだいたいわかった。聞かせてもらってよかった。いろいろあったんだな、昨日は。大崎くんも、高峰くんも、手伝ってくれてありがとう。きみたちがいてくれたから、彼もがんばれたんだと思う。お礼を言うよ」おれたちにうなずきかける。「でも風知。これが、おまえの出した結果だ」あごの先で示してみせる。

風知がしおれるように下を向いた。

「過程はどうあれ、結果がすべてだ。わかるな？」

「……はい」

消え入りそうに小さな声だった。

その瞬間、かっと頭が熱くなった。

ちがうだろ。そうじゃないだろ。

でもなにがどうちがうのか言葉にできなかった。ぐっと手をにぎりしめる。

「みんな、ばたばたしてごめん。ほんとに悪いと思ってる。でも会えてよかった。これからも彼をよろしく頼むよ。風知、家を出るときまた電話して――」

かばんを持って玄関に向かう。反射的に足が動いた。

「待ってくれよ！」

腕を広げて行く手をさえぎる。おじさんは驚いて足を止めた。

「大崎くん？　どう――」

「あるよ、結果なら。ちゃんとあるよ、そこに。あれが結果だよ！」

顔をにらんだままテーブルを指さす。卒業アルバムが開いたまま置いてある。おじさんの目が一瞬、とまどったようにゆれた。

「ちゃんと見ろよ。頼むからちゃんと見てくれよ。ぜんぶ入ってるんだよ、あれには。この一日、おれたちの見たものとかやったこととか、いろんなもんがぜんぶ――九人分でも、ひとり足りなくても、書いてなくても、見えなくても、あの二ページに、ぜんぶぜんぶ、入ってんだよ！」

言いながらだんだん声がでかくなる。柊と風知がびっくりしたような顔で聞いている。

「こいつが、必死で集めたんだよ。どんだけすげえかわかってんのかよ、それが。十人

じゃなかったらなんだって言うんだよ。大人なのにそんなこともわかんないのかよ。そりゃおれらはクリアできなかったよ、課題も、修学旅行も。卒業アルバムだって、ぜんぶ写ってればよかったよ。それがベストだよ。そんなのわかってるよ、おれらがいちばんよくわかってる」

息がはずんだ。頬が熱い。

「でもさ、そうじゃなきゃだめなのかよ。ぜんぶパーフェクトじゃなきゃだめなのかよ。ちょっとしか写ってなくても、写ってないとこがほとんどでも、でも、写ってないってことが写ってんだよ。それがどういうことかわかるかよ。かってに決めんじゃねえよ。子どもだからってバカにすんなよ、こっちだって人生かかってんだよ」

手がかってに目をぬぐっていた。くそ、まじか。なんでぬれてんだよ。

「それを、かんたんに『結果』とか言ってんじゃねえよ。かってに切り捨ててんじゃねえよ。冗談じゃない、あれは――」

しょぼくて、スッカスカで、ぜんぜん完璧なんかじゃなくて。

それでも風知の――おれたちの卒業アルバムは、

「ちゃんと、すげえ価値があんだよ！」

その瞬間、視界がぐにゃりとゆがんでくずれた。

くそ。くそくそくそ。ごしごしと目をこする。

くやしかった。正面からにらみつけても、おれの背はまだ同じ目線には届かない。ガキみたいにわめきちらして、みっともなく泣いてるだけだ。

早く大人になりたい。とつぜん、突きあげるようにそう思った。

「——天馬がなまいきなこと言ってごめんなさい」

柊が後ろからおれの腕に手をかける。

くそ、また優等生め。振りはらおうとしたら、ぎゅっと強くつかまれた。そのまま横に並んで立つ。

「でも、ぼくもそう思います」

柊は笑っていなかった。まっすぐに顔を上げて相手を見ていた。

「——」

おじさんはなにか言いかけ、ぐっと口を引き結んだ。そのまま横をすりぬけ、靴を履く。

「お父さん」風知が出てきて前に立った。背中に向かって問いかける。

「あのさ。……お父さんは、ぼくのこと、好き？」いつ結んだのか、赤いゴムで結わえた前髪が声に合わせてかすかにふるえている。

「いちばんだいじだと、思ってくれてる――？」

おじさんはゆっくりとふり返った。きちんとスーツを着た大人の姿で、初めて見るみたいに息子の顔を見る。

「風知。なんでそんな――あたりまえだろう」

キュイン、と嫌な音が聞こえた気がした。歯医者のドリルが、胸に食いこんだ音。

「……そっか。そうだね」

聞こえるか聞こえないかくらいのため息のあと、風知はへへっと笑ってみせた。

おれは目をそらした。顔が見られなかった。

「行ってらっしゃい、お父さん」

「――ああ。みんな、元気で」

「はい。ありがとうございます」

「お世話になりました」

「じゃあね、お父さん」

風知が手を振り、ゆっくりとドアが閉まる。カチリと音をたて、それきり開くことはなかった。おれたちは靴音が聞こえなくなるまでじっとそこに立っていた。

と、柊がティッシュを手わたしてきた。

「天馬。鼻」

おれはひったくるように受けとると、音をたてて思いきり鼻をかんだ。柊も自分の鼻をふく。

「だっせ、おまえ」

「天馬に言われたくないよ」

風知がくるりとふり向いた。どきりとする。

「天馬って、ほんとに泣き虫なんだね」

ふふっと笑うと、手をのばしておれと柊の頭をよしよしとなでてきた。

「ぐっ……」

おれは歯を食いしばって耐えた。まさかこいつに、頭をなでられる日が来るなんて。

今だけだからな、いいか、ほんとに今だけだからな。

頭をなでられながら、心のなかでなんどもそうくり返していた。

外に出ると、空が晴れて青かった。

「天気予報のとおりだな」

「曇ってるね。花曇り」

「うるせえな、ちょっとでも青かったら晴れなんだよ」

風知がカシャンと鍵を郵便受けに落としこんだ。おれたちを見てにこっと笑う。

「さ、じゃあ行こうか」

今ではすっかり見なれた侍ヘアで、ガラガラとキャリーケースを引いて歩きだす。おれと柊もあとにつづいた。

駅に着くと、ホームで電車を待った。

「いいか、帰りはぜったいおれ、後ろ向きには座らないからな」

「わかったってば」

隣で連絡のメールを打っていた風知が、いきなり声をあげた。

「——あっ」

驚いた顔で画面を見つめ、そのまま動かなくなる。

「どうした？」

風知はだまっておれたちに画面を見せてきた。

「ん？　なんだこれ」

「メール？　だれから？」

〈とつぜん連絡してごめんなさい。迷ったけど、どうしても伝えておきたいことがあったから〉

昨日会った、しいちゃんのお母さんからだった。

〈駅では本当にありがとう。あれから病院に行きました。そしたら、お腹にもうひとりいることがわかりました。わたしたち、あのときじつは、三人いたのです――〉

写真がくっついていた。変な形の黒の背景に、白っぽいもやもやが見える。

「え？　え？」

〈しずかはお姉ちゃんになります。まだとても小さいけど、よかったらこの新しい子のぶんも、アルバムに加えてもらえませんか？　文字は代わりにしずかが書きました〉

下のほうに写真がもう一枚。しいちゃんが、画用紙になぐり書きしたやつをこっちに見せて写っている。

〈気をつけてお家に帰ってね。三人の勇者たち、どうか最後まで、よい旅を！〉

おれたちはしばらくぼうぜんと画面を見つめていた。

「……うそだろ……」

風知はまだぼうっとしている。おれはその肩に自分の肩をどんとぶつけた。

「ほんと、信じられるかよこんなの」

驚いた。まじで驚いた。だって。

「だってあのチビ、――しずか、って名前なんだぞ？」

「そこ？」柊がすばやくふり返り、またすぐにもどる。

「ほら風知。早く教えてあげなきゃ、お父さんに。十人目、課題クリアだよ！」

「えっ、あ、そうか、うん」

風知があわててスマホを操作する。あせって指をなんどもすべらせながら、びっくりするようなこの知らせを画面に打ちこんでいく。

ホームにベルの音が響いた。

線路の向こうから、ゆっくりと電車が入ってきた。

# 終章 新しい春

カーテンを開けると、窓ガラスに桜の花びらが貼りついていた。

昨夜春の嵐が吹き荒れて、ちょっとだけ残っていた桜をきれいに吹きとばしてしまった。代わりにみがきあげられたような青空が広がっている。

おれは真新しい白いシャツをハンガーからはずした。腕を通すと、ぴんとのりの利いた襟が頬をくすぐる。


あの旅行が終わったあと、おれたちは一度、アルバムを完成させるために集まった。プリントアウトした写真と、コピーしてもらった寄せ書きとを、それぞれのアルバムにべたべたと貼りつける。集まったのはおれの家だったけど、なぜかその日、有休をとった父さんと母さんがかわるがわるのぞきにくるので、追いはらうのに苦労した。

「天馬、ほんとにお父さん似だね」

「そう？　ぼくはお母さん似だと思ったけどなあ」

おれは無言でポテトチップスを食べ、ごくごくとコーラを飲んだ。

「ねえ、あのこと、やっぱり怒られた？」

「まあな」

例のヘンタイのおっさんの話、親たちにしたらけっこうな騒ぎになった。

「すぐに言え」と怒られた。「ぶじでよかった」と抱きしめられたのはないしょだ。

「あのさ、ぼく思ったんだけど」風知が写真の裏にのりを塗りながら言う。

「自分の写ってないアルバムを想像しながら見るのも楽しいけどさ——でも、自分がそこに写ってるのって、やっぱり、すごくいいね」

そう言って嬉しそうに笑った。

アルバムといえばもうひとつ。一泊二日のあの旅行から帰ったおれのもとに、小包が届いていた。差出人の住所は前の学校で、開けてみると手作りの卒業アルバムが入っていた。先生や友だちが、いろんな写真を持ち寄って作ってくれたらしい。運動会も遠足も林間学校も、ぜんぶあった。クラス写真は、おれもふくめてなぜか半分以上のやつらが変顔で、「自信作です」って書いてあったけど、おい、それはどういう意味だよ。

今は、二冊並べておれの机の上に飾ってある。


ズボンのベルトを締めていると、窓の外で声がした。

「天馬くーん、学校行こー」

走っていってガラッと開けると、柊と風知がにこにこしながらこっちを見あげていた。そばを通る人たちがくすくすと笑っている。身ぶりで「やめろ」と伝えると、大急ぎで制服の上着を羽織った。

マンションの外に下りていくと、ふたりは同じ学生服姿で立っていた。小学校では最上級生だったのに、これを着ると一気に下級生っぽくなるからふしぎだ。

「おはよう、天馬」

風知はようやく髪を切りに行ったらしい。長かった前髪もこざっぱりと短くなっている。

「天馬ほら、上、留まってないよ」柊が襟元に手をのばしてくる。おれはさっと身をかわした。「やめろ、そこ留めるとオエッてなるんだよ」

「ぼくたちの制服もブレザーだったらよかったのにね」

風知が笑い、おれたちはぞろぞろと歩きだした。

そう。その画像は昨夜、風知から転送されてきた。ひと足先に入学式を迎えた、ガッキーたちの制服姿だった。わざわざ撮って送ってきやがった。パリッとした紺色のブレザーにグレーのチェックのズボン、ネクタイは明るいブルー。あごに指を当てポーズを決めるガッキーを見たら、よけいムカついた。

「なんであいつらの制服のほうがカッコいいんだよ！　言っとくけどあいつ、坊主頭とぜんぜん似合ってないからな」

「天馬はそれ、よく似合ってるよ」

「おれがあかぬけないってことかよ」

「痛い痛い痛い」

風知の学生服はだれよりもぶかぶかだった。それでも中身はそんなにチビじゃないって、今はちゃんとわかっている。外側も、そのうちでかくなるだろう。

風知のお父さんからは、ぶじ養育費の振り込みがあったそうだ。

「養育費払うのは親の義務だから」あとからいろいろ調べた柊が、きっぱりそう言ってい

た。大人どうしでたくさん話し合いもあったらしい。この先「面会」はどうなるかわから
ないけど、少なくとも課題はなくなるんじゃないだろうか、たぶん。

そうそう、風知のアルバムに書いてもらった、神社の禰宜さんの文字。意外な人が読ん
でくれた。柊のおばあちゃんだ。

「友誼圓滿。――ふうん。これを書いたのはずいぶんお若い神職さんかねえ。いえね
え、最近の人はどうか知らないけど、ただ見る人が見れば、手筋とかいろいろ、ほら」

ファックスで送ったら、そう電話が返ってきたそうだ。

「意味はそう、ずっと友情がつづくようにとかそういうことかねえ。ほっほ。まあ子ど
も相手だし。それにしてもなんと言うか――平の凡」

「ほんと、オニババ」柊が心底嫌そうに言っていた。

「ねえねえそれってさ、要するに『ずっ友』ってことかな?」

風知がにこにこと言い、

「ばーか、略しすぎだろ」

「痛い痛い痛い」

つられて柊も笑顔になった。

おれたちの通う中学校は高台にある。

ゆるい上り坂が、目の前にまっすぐにつづいている。

目印は、校舎よりも高くそびえる木だ。ここまで来いと手まねきしている。

おれはすうっと息を吸った。

「よし、学校まで走るぞっ」

「やだよ。汗かくじゃない」

「ぼくも」

一気に力がぬけた。

「なんだよ、おまえらにやる気はないのかよ。入学初日だぞ、今日は」

「それはそうだけど」

もう一度坂を見あげる。朝の光が帯のように、道を白く照らしている。

それは、どこかうんと遠くまでつづいているように見えた。

「先行くからな」

「あっ、天馬待ってよ」

おれはダッシュで坂道を駆(か)けのぼる。風知があとからぽたぽたとついてくる。柊はおっとりと歩きながら、知ってる女子とにこにこあいさつを交(か)わしている。

ザッと春の風が吹(ふ)いた。

空が青い。

おれたちは今日、中学生になる。

**市川朔久子**　いちかわさくこ

福岡県生まれ。西南学院大学卒業。『よるの美容院』で第52回講談社児童文学新人賞受賞。同作でデビュー。『ABC！　曙第二中学校放送部』が、第49回日本児童文学者協会新人賞受賞、第62回青少年読書感想文全国コンクール課題図書選出。『小やぎのかんむり』は、第66回小学館児童出版文化賞を受賞する。著作はほかに『紙コップのオリオン』、『おしごとのおはなし美容師　かのこと小鳥の美容院』（以上、講談社）など。

よりみち3人修学旅行

2018年2月6日　第1刷発行

著者……市川朔久子



発行者……鈴木 哲

発行所……株式会社講談社
東京都文京区音羽2－12－21
〒112－8001
電話　編集　03－5395－3535
　　　販売　03－5395－3625
　　　業務　03－5395－3615

印刷所……共同印刷株式会社

製本所……黒柳製本株式会社

本文データ制作……講談社デジタル製作



N.D.C.913　223p　20cm　ISBN978-4-06-220527-6